屐痕履履

白杨 ◎ 著

上海文艺出版社
Shanghai Literature & Art Publishing House

图书在版编目（CIP）数据

屐痕履履 / 白杨著. -- 上海：上海文艺出版社，
2022

ISBN 978-7-5321-8594-8

Ⅰ. ①屐… Ⅱ. ①白… Ⅲ. ①诗集－中国－当代

Ⅳ. ①I227

中国版本图书馆CIP数据核字（2022）第231008号

责任编辑：徐如麒　毛静彦
出版策划：唐根华
装帧设计：金雪斌

书　　名：屐痕履履
作　　者：白杨著
出　　版：上海世纪出版集团　上海文艺出版社
地　　址：上海市闵行区号景路159弄A座2楼201101
发　　行：上海文艺出版社发行中心发行
　　　　　上海市闵行区号景路159弄A座2楼206室
　　　　　201101　www.ewen.com
印　　刷：北京军迪印刷有限责任公司
开　　本：889mm×1194mm　　1/32
印　　张：9.5
字　　数：225千字
印　　次：2022年12月第1版　2022年12月第1次印刷
ＩＳＢＮ：978-7-5321-8594-8/I·6773
定　　价：69.80元

（敬启读者，如发现本书有印刷质量问题，，请与北京军迪印刷有限责任公司联系13121110935）

江南白杨、柔荑花开

　　白杨，是一种落叶乔木，常见于北方。株甚高硕，绿叶茂密。我不知道诗人杭存根为什么会给自己的笔名起作"白杨"，想必是非常钟情这种植物。人如其名，诗如其人，展读他此本新诗集《屐痕履履》，竟然读出一种春天时节白杨树柔荑花序无限开放的美。

　　《屐痕履履》一共有七辑，分别为"苏河湾之恋"、"烟雨江南"、"一抹炊烟蓝"、"大美江山"、"致敬，时代英雄"、"春花秋月"、"屐痕履履"。这七个专辑独立成章，又气韵相连，写出了诗人白杨丰富的生活印记和感悟。

　　我特别喜欢第一个专辑"苏河湾之恋"。也许是因为本人同样生活在上海普陀区，对苏州河有着特殊的情结。苏州河流经上海，形成 90 度以上的河曲有 13 个，其中 11 个在普陀区河段。普陀区辖内的苏州河沿岸一公里曾聚集了三分之一的民族工业企业。和黄浦江的磅礴相比，苏州河更温婉，这里承载了一代代上海人傍水而居的记忆。在白杨的笔下，他的诗歌里满是对苏州河畔的抒情和回忆。他写"魔幻之河"：岁月如河水流淌着／活色生香话剧／掬捧着冷冷的河水／汪着双眸，凝视／久久的，一步三回首；他写"冬夜，在昌化路桥上徘徊"：穿过寒夜的风／站在昌化路桥上徘徊／等待，焦急，烦躁／不见雪的踪影／就像期盼了很久一场惊天动地的约会失望了。在他的诗中，有苏河湾冬夜的灯光，有"邂逅瀑布般长发"的遐想，有"天安千树"的树和花的联姻……一条河见岁月，一条河见人生，快慢缓急的苏河湾凭借诗歌涤荡出了两岸过去和未来的音符。

白杨的诗歌内容非常丰富，除开第一个专辑"苏河湾之恋"，其它几个专辑写江南的风景，写乡村炊烟的怀思，写祖国山山水水的游历，写时代英雄，写人生履程，无不在细微之处见真情。他落笔之处，仿佛银针纤毫，柔软之至，又真情满满。在"期待，最后一片银杏树叶落下"的诗里，他"期待，最后一片银杏树叶落下 / 如约而至的西北风像一阵旋风，猛烈的吹落银杏树叶 / 期待着一场盛大华丽的成人礼 / 金蛇狂舞，飒飒而下的树叶 / 在秋暮的夕阳下肆意的举杯，歌唱，/ 狂欢庆祝自己的成长"；在"重访雨巷"中，他像戴望舒一样忧郁："期盼丁香样的姑娘 / 忧郁的眼神粉红色的邂逅 / 悠长悠长的脚步弥漫着诗一样的恋情 / 旧曲重温情何堪 / 路漫漫"。在他诗中，有少年般的抒情和纯真，又有中年情怀的沧桑和忧郁。

白杨是一位律师，在他的性格里有律师的正直和豪爽，从他的诗中也能读出热血和豪气。特别是专辑"致敬，时代英雄"，他写"今晚，和武汉在一起"，写"夜晚，与月光诉说"，写"情思"……，都是记录了在特殊的抗疫时期，白衣天使的逆向而行。

赞美英雄，也是记录时代。

　　写诗的初心是为了表达。这是白杨的第5本诗集，可见白杨的创作力是很旺盛的。他善于观察，善于创作，用诗来表达对生活的悲欢体悟。每个诗人都想通过诗句去表达、去分享、去共情、去受到读者的认同。白杨有一首诗的题目叫"眼泪是最小的海"，是否允许我借此句，来换种表达方式："诗歌是他最大的爱"。相信我们能从白杨层层叠叠的诗句里能找到答案。

　　黄土地上的白杨是不太讲究生存条件的，只要给一点水分，它就能吸收自由的空气，撑起一片绿色。它挺拔向上，枝枝傲骨，树树无字，树树有声。而做为诗人的白杨，做为生活在江南水乡的诗人，白杨通过诗歌建立起了他自己的生命世界。江南白杨，柔荑花开，此刻，愿你能从这些诗句中读出无限花序绽放的美。

杨绣丽

上海市作家协会诗歌委员会副主任

上海诗词学会副会长

目 录

第一辑

苏河湾之恋

苏州河畔的畅想

晚风微微

吹皱了如梦般的涟漪

暮色渐渐如迷

华灯初上姹紫万千

霎那间

嫣红了苏州河畔

树底下

影影绰绰的爱恋

扑朔而又玄幻

徜徉在河畔

聆听悠长悠长的禅音

落叶沙沙

飘浮在河面

娉娉袅袅的涉水而来

为了诗和思念

又一次流浪

屐痕履履

白杨 著

时光女神

依然风姿绰约

河水清清

泛起漾漾的往事

我掬捧着水花

月光在手

撷取一滴清泪

走在幽幽的小路

独自彷徨

魔幻之河

晨曦，拂过水面
微微荡荡的涟漪
一圈又一圈
向东流去

苏州河，水清清
如清纯的少女
腼腆，羞涩
俗世凡尘的仙子
遗世独立

岁月如河水
流淌着活色生香
话剧
掬捧着冷冷的河水
汪着双眸，凝视
久久的，一步三回首

夜晚，姹紫嫣红的灯光
倾泻在河面，莹莹的圣洁
如百变的女神

傲娇，睥睨的昂扬

我徜徉其畔

走着走着

在休止符号上徘徊

多少双眼睛

秋波盈盈

慕拜，柳叶裙下

魂不守舍

颠倒着青春

形销骨立

九曲十八弯

魔幻，妖娆妩媚

唱着情歌

当太阳升起

奔腾，奔腾

精致优雅的吟唱

丝竹管弦

甜糯的江南小调

苏州河即景

我站在昌化路桥上
凝视碧翠的河水
波纹一层层的荡开
思绪——
似清冽冽的苏州河
一圈圈的漫漾

生于斯长于斯的地方
我萦绕梦魂的家乡
九曲十八湾
曲曲弯弯的磨难
忍受着世人嘲讽的冷漠
依然不急不徐
缓缓流淌着爱的博大
如母亲的模样
秀丽端庄,慈祥温婉
跳动着母爱的光辉伟大

那时光,梦碎一地
黑,臭,丑,不堪回首

我仍然——
初心不改，爱恋的情愫
到如今，你焕发青春
青青子衿，菡萏发荷花
怎不叫人醉卧池塘边

我站在昌化路桥上
仰望星空，低头凝视
清清冽冽的苏州河
如同凝望我的爱人
无须多言

冬夜，在昌化路桥上徘徊

穿过寒夜的风
站在昌化路桥上徘徊
等待，焦急，烦躁
不见雪的踪影
就像期盼了很久
一场惊天动地的约会
失望了

零零落落的行人
紧紧的捂着厚厚的围巾
急急地回家

站在桥上，凝视
苏河湾，早就华丽转身
恢复了千年的秀美

转身回望，原先的面粉厂
伫立着百座石雕花坛
笨笨的我，始终琢磨不透
象征和寓意

苏河湾，冬夜的两岸
灯光妩媚动人，变幻多姿
幽幽的蓝色，沉淀着往日的浮躁
艳艳的红色，跳跃着生命的热烈

冬夜，在寒风中
思考
想白天不能想的事
月光照在河面
清清悠悠

昌化路桥上的背影

暧昧的灯光

柳枝摇曳着风情

小桥，　演绎着荡气回肠的红尘故事

回眸，风，嫣然一笑的拂过

手挽手，呢喃细语的小燕子

走在石板桥上

空谷回音，悠悠荡荡

苏州河水，清冽冽的泛着痴情

夜晚，月光下，旖旎着暧昧的韵律

桥上的长椅，坐着男男女女

背影投射在河面

恍然如昨的轶闻

闪烁着，向东流去

听不见船娘的童谣

没有往日的喧嚣

静静地品茗城市的炫酷

和绚烂的爱恋

屐痕屐屐

白杨 著

情不自禁地徜徉在河边
沐浴在幽幽的光影下
碧树婆娑，鬼魅地向着游客倾诉
我喜欢，倚着栏杆
凝视斑斓的河水，轻轻流淌

假如，邂逅
瀑布般长发，飘逸在风中
长裙，曳地而泻
袅袅婷婷，款款走过
在蓝莹莹的灯光里
叮叮的下着诗雨
时光将被凝固，永恒

树的箴言
参观天安千树大洋晶典有感

我的根，不在地下，而在屋顶
被克隆，被复制成晶典
兄弟姐妹一般模样
一出生就被捧为明星
不知是喜还是悲

树和花，联姻
火树银花不夜天

每天，被粉丝包裹着青春
失去了想象和冲动
宠物一般被饲养
热血消失得无影无踪
水波不兴，日复一日

夜晚，穿着，带着高贵的金银
彬彬有礼的说着台词
和展示美丽笑容

面对清冽冽的苏州河水
不敢也不会，年少轻狂

屐痕屦屦

白杨 著

看着河边，我的表兄弟们
风中摇曳，风情万种
眼馋，眼红，羡慕

你羡慕我出身高贵
谁又知道，我的苦衷

望着蓝天，望着白云
祖先，父辈
怀揣着梦想，去追逐太阳
而我，梦想，胎死在母腹中

欲与天空畅谈恋爱
总想有朝一日
长成参天大树，直插云霄
如今，梦碎一地

回忆，前身往事
随风飘落，雨一直下

新场吟

新场，浦东的一颗璀璨明珠
坐落在南汇的西南
千年历史文化名城

江南，水墨丹青的一幅画
新场老镇，一座桥，一条河
浸润着水的温柔
溢流着水的风情

江南，一道妩媚多情的风景
似糯糯的酒
弥漫着万种风情
喝一杯淡淡如菊的女儿红
沁入心脾的温婉婷约
风姿绰约的诺然回眸
浸润在骨子里
无法忘怀

江南，是水，也是酒
像一杯浓浓的酽茶
馥香醇厚

履痕履履

白杨 著

酒是水，也不是水
用江南烟雨濛濛酿的酒
迷濛中会被俘获
不喝也会醉
酒不醉人人自醉

你看看，新场老街
拥拥的街道
拥拥的人群
脸庞上写上喜悦
我来了，不醉不归
醉在山水，醉在江南

西乡路的灯光

西乡路——
浓浓的乡土气息
骨子里生成
睿智优雅的气势

坐落在——
上海市普陀区西北角
典型的住宅区
一条不足 300 米长的小路

夜晚——
湛蓝色的灯
挂在树上
泛着莹莹的柔和的光
路的两排
树影婆娑，影影绰绰
仿佛是迷人的宫殿，魅惑诱人

走在灯光下
置身祥和的海洋
如沐春风

心即刻圆润通明
宁静而豁达

每当左脚迈进
就如同躺在温泉里
清澈的水，在身边缓缓流淌
一缕温煦的阳光，射照在脸庞
淡淡的水气，氤氲，弥漫
惬意的享受着平静的时光

每当右脚踏入
就像插上缪斯的翅膀
浮想翩翩，翱游八荒
诗的泉水，汩汩突突的冒泡
狂放不羁，蓝天白云为伴
山川河流为伍
天为上，地作床
青春，诗，在远方

我张开双臂
将这绝色女孩
揽入怀中
贪婪地品茗
它的甘甜，幽香

圆明园路掠影

采撷历史的星星点点
圆明园路
不足五百米的街上
驻足，凝望
风格迥异的建筑
凸显着英伦三岛的风情

鸦片战争的耻辱
永远无法抹去的痛

西方列强，凭着坚船利炮
撕开了古老的神州大地
像救世主般疯狂
掠夺财富
奴役着百姓
践踏着中华民族的尊严

耸立在黄浦江边的万国建筑群
外滩园内的领事馆旧址
见证了——
西方的傲慢和睥睨

履痕履屐

白杨 著

同样也见证了——
绅士风度和淑女优雅

采撷春光，在早春时月
走进圆明园路上
仿佛看到了
二，三百年前，风靡上海滩
摩登的红男绿女
品茗着飘香的咖啡
享受着午后温暖的阳光
《西人赛花会》的盛宴
趋之若鹜的鲜花和选票
东方不夜城，魔都上海
冒险家，投机者，八方云集
高潮迭起，云谲波诡

采撷春草，春光乍泄
风微微，难得一缕阳光
在圆明园路上逗留
爱美的佳丽
不失时机的摆着
各种撩人的妩媚姿态
欲与百年前的美人
浑然天成的攀比
一切美妙，美好

都在春光融融中永恒

采撷月光，
灯火阑珊，静谧中的神秘
稚嫩娇羞的女孩
在诗词文章中浸润
内敛温婉冰莹的气质
透露着名媛的高贵
文艺青年在这一方天地里驰骋
奉献着青春和向往

开明睿智的上海
有如此——
值得书写的圆明园路
有空去走走
感染，体味，沉浸
听浦江的风吟
在厚重的历史云雾中
深思，重重，深思

履痕履履

白杨 著

漫步朱家角

一

上海，西南，淀山湖之滨
千年古镇，江南水乡的明珠
"衣被天下""九峰北麓"
"一湖一角"闻名于世
上海威尼斯，上海四大古镇之首

二

细雨纷飞，梦回江南
人头攒动九街三十六桥
酒肆似蜿蜒的长龙
倚傍着漕港河，临水照花

进进出出的食客
江南，青浦，朱家角的土特产
被穿梭成一道风景线
此起彼伏的吆喝声
市井俚语的清明上河图

三

选一个临窗的座位

听丝竹管弦的吴侬软语
喝着碧绿的茶水
虽无温暖的阳光
看清澈的河水
缓缓流淌

一首小船，悠悠的穿过
放生桥洞，水漫过，一声欸乃
江南的风韵演绎成闲梦
坐在画船上，无所事事
听雨，听家乡俚语

看花红柳绿，烟雨迷蒙
柔柔弱弱的一袭旗袍
小楼玉砌，大音切切
玉笙箫歌，闭目沉思

屐痕履屐

白杨 著

番禺路断想

咖啡和大碗茶碰撞，融合
钢琴演奏着文艺复兴的蓝色浪漫
图案里的黄河，长江奔腾涛涌

邬达克建筑如凝固的诗行
在上海各个角落，熠熠生辉

注目，遐想，仰慕
宛如徐志摩的长袖轻舞
没带来一片云彩

聆听，似乎他们在共同演绎
激昂澎湃的情感挥洒
又如涓涓细流沁入心扉

经典，永恒的爱情
悲欢离合的故事
我在听，在想
与脉脉的阳光在一起

陆家嘴的灯光

上海中心大厦，环球金融中心，金茂大厦
今晚，流光溢彩的灯火，直插云霄
东方明珠的灯光，斑斓，相互辉映
浦江两岸，灯火通明，不夜城
为共和国庆生

不用语言。只是对了一下眼
内心的设防，瞬间融化
彼此欣赏，彼此付与，彼此支持
为共和国，为上海，击节，喝彩

黄浦江，流觞曲水，我在聆听
春宵一刻值千金的今晚
缱绻的时光，遄飞的兴奋
把蜜也似的快乐，放飞
婷婷玉立的女孩
风情万种倚在陆家嘴的天桥
看人头攒动，流动着万花筒的风景

骑在爸爸脖子上的小男孩
睁着大眼；嘴上的 0 形

屐痕屡屡

白杨 著

惊喜，震撼，壮观的场景
他在梦中定会大呼小叫

今晚，浦江两岸的灯光
炫酷，缤纷万千，万家灯火阑珊
遥相呼应的天空，星月耀辉

我从没有这么激动，这么震惊
陆家嘴的人流，绵绵不绝
每一个人溢出的自豪，幸福
永恒的定格在中国人的脸上

第二辑

烟雨江南

子夜絮语

星空邈邈　　黑暗吐着长长的毒舌
把哀怨和思念留给不眠之人

星星点点　　眨着调皮的眼睛
把思念化妆成希望
播种在心里
一束束摇曳成温馨的回忆

子夜　　寂寞了
田间的小草被秋露浸润
随风而舞　　欢快
抑扬顿挫唱着纯纯的情歌

不知谁家的灯　　亮着
唇齿间　　留着初恋的吻
依然不舍洗尽那摄入心魄的甜蜜
睁着秋波似的双眸
不愿入睡

枫叶　　在如此神圣的时刻
簌簌而鸣

履痕履履

白杨 著

当年是你吗
为我摘取的红红的相思
今夜　　我当为你
沉醉　　抛弃一切忧伤

星空寥寥　　月华总是那般
女神一样的雍容华贵
月光下的菊花
高贵的昂着美丽的头颅

子夜如此神秘
我小心翼翼的写诗
怕就怕亵渎了女神
惊诧了公主的无理取闹

期待，最后一片银杏树叶落下

如约而至的西北风
像一阵旋风，猛烈的吹落银杏树叶
期待着一场盛大华丽的成人礼
金蛇狂舞，飒飒而下的树叶
在秋暮的夕阳下
肆意的举杯，歌唱，狂欢
庆祝自己的成长

百年，千年，年年
银杏树，一如既往，忠贞
初心，初恋，初衷
在一场暴风雪中凝聚，重生
成长的痛苦和甜蜜
丑小鸭的故事
每天都在演绎，蜕变

西北风来了，寒冷也来了
田野裸露着胸膛
山谷坦然的吐着心曲
不像城市的霓虹灯
装点的如此梦幻

银杏树抖擞着欢快
洒一地金黄，把每一片秋叶收藏
在自己的脚下，记录快乐和痛苦

天上划过璀璨夺目的流星雨
风华绝代的银杏树
无声无息的注视着
青春的骚动，炮火的洗礼

我期待着，最后一片银杏树叶
落下——
捡拾起青春，捡拾起美好，捡拾起初恋

重访雨巷

白墙粉瓦　朱门重重
细雨纷纷　雨巷深深

我独自一人　　　走在青石板路上
来来回回冥想　　期盼
丁香样的姑娘　　忧郁的眼神
粉红色的邂逅　　悠长悠长的脚步
弥漫着诗一样的恋情　旧曲重温
情何堪　　路漫漫

忽而眼眸噙着泪花
丁香花的芬芳　　漫漾开来
　袭白白的旗袍　　款款
在我眼前摇曳生姿　　顾盼
或许前身今世　　注定的尘缘
一路向西　　情未了

在雨巷　　在四月芳霏的时光
我独自一人　　寻找爱的足迹
虽不见丁香一样的姑娘
却心仪般的碰到
婷婷约约的女孩　　白白的旗袍
迈着婉婉约约的脚步
走在悠长悠长的雨巷

一寸阳光，一片树叶

河边　　一寸阳光
一排光秃秃的柳树
河水　　古井无波
懒洋洋的沉睡在记忆中
一片树叶　　孤独的暗叹
倒影中的自我
飘落还是留守
困扰了千年

秋风起来的时光
大片大片的树叶
霎那间飘零
卷起的梦想
托风捎带
给远方和你

唇齿间的余香
恋上三世桃之夭夭
风情的舞步
情无限
处处销魂

月光下的童谣
摇曳着芳华
无奈风吹落花离恨去
旧曲重温　　都是两行清泪

河边　　一寸阳光
斑斑驳驳洒在河面
南岸的粉瓦
掩映在余辉中
一片彷徨的树叶
恍若隔世的呓语
神神叨叨的唱着情歌
沉湎在河畔
年少时的时光

角落里的那片天

风吹走了乌云
冬日的阳光
像慵懒的贵妇
伸出白白嫩嫩的手
温柔的抚摸失恋的河边柳
屋内弥漫着甜蜜和温馨
角落里的那片天
充满着黄昏后的浪漫

风卷起了落花
飘来飘去的思念
一封封书笺
两行清泪
犹如一汪清泉
红红的烈焰
亲吻在额头，耳畔

风扬起的尘土
一股脑的灌入窗台
粒粒尘沙
仿佛是你的心情

冬日的雾霾
就像一个恶魔
侵蚀着肌肤
再也看不见
阳光正在穿破云层
逶迤而来

风依旧呼啸而过
恍惚中梦见
一株红柳
在阳光下迎风摇摆

午夜，时针，请停摆

午夜，时针，请停摆
让我梦一回，回归那一刻

待到花开时
你依然貌美如花

一袭玉兰花般的白色长裙
曳地。款款曲曲
宛若凌波仙子
踏浪而来
万顷波澜，泛着粼粼的光彩
眼眸中露出盈盈的秋波
仪态雍容华贵
我在岸边为你洗尘

待到雪花飘舞时
你依然青涩矜持

一袭紫罗兰般的酱色长裙
尾地。婷婷约约
宛若月光女神

袅袅娜娜
一水清亮的光
从天上倾泻下来
脸上的笑靥
如春天的百花
妩媚动人
我在庭院内为你设宴

午夜，时针，请停摆
让我梦一回，回到那一刻
青春飞扬，诗意飞扬
缱绻着纯纯的爱恋
那一刻的凝固，永恒

冬日，致江南

庄生，尚在梦中
江南，依然无雪
雨，飘逸着风情的眼眸
弹奏着梅花三弄的思念
在青石板的路上
徘徊　　等待　　翘望

风裹挟着愁思
像小女人的絮语
在水乡里穿行

纵横交错的河水
没有雪花的影子
咿呀咿呀的唱着情歌
寻找着荷尔蒙的浪漫

谁家兰台公子
在河边　　摇着纸扇
枉作风流　　骄傲放纵

银杏树下　　渺渺归鸿

你——
一袭白白长裙
惊艳了两岸无数的眼睛

落日的余辉
卷起了窗帘

一双熬红的双眼
盼望窗前
柳树的新芽
摇曳在河边

履痕履履　白杨 著

烟雨江南

欹枕江南

一笼烟水寒

似有似无

窗含翠竹碧

似醉非醉

风中雨残荷

说不尽江南

濛濛细雨

万种风情，念千里

满城尽带五彩斑斓

雨伞——

缤纷了生活

雨在伞上跳舞

叮叮咚咚把少女的情愫

演绎的如此动人

缱绻着怀春的青涩

书写——

一颗驿动的童心

偶尔相遇

几丝清澈的小雨

飘逸

在风中

偶尔飘落到脸上

睫毛下

一颗晶莹的相思

从远方归来

倚着栏杆

凝望

江南——

烟纱笼轻水寒

履痕履履

白杨 著

春雨

春雨嫩如酥
细细绵绵
融化了冷雪
催醒了梦中人
给孤独彷徨者
希望
点燃了祈盼的灯火
哀怨的双眼
演绎成黛色的感动
染遍了江南水乡
思念的枝芽
悄然无声
惊姹了芳霏岁月
岸边的柳丝
流连忘返
忘记了身上
早已浸满了泪花

春雨嫩如酥
疏疏密密
融化了寒风
吹箫抖擞了芳草
似一股清泉
叮叮咚咚的唱着山歌

在广袤无垠的田间
插秧，播种
在碧翠的山谷
摘花，采茶
绿了山峰，碧了湖水
给豆蔻年华的女孩
梦幻
给勃发英姿的少年
翅膀

春雨嫩如酥
丝丝缕缕
融化了冰冻
似一汪碧波
汩汩流淌
溪水青青溪水长
翠翠的小草
摇曳咏叹
宛如心静澄澈的少女
描绘着秀丽的图案
飞针走线
绣着五彩斑斓的荷包
揣着梦想
腾飞

春雨嫩如酥
细细麻麻
我把你装满
整整的一个心湖
慢慢咀嚼，品味

春望

锁忧郁，怅惘清秋
昨晚，江南，姗姗来迟的雪
少许飘落在窗台
落寂里缺失了酣畅淋漓
孤坐在阳台上
望着寂寥的星空
等待，杨花飞絮，绿裙摇曳
我举着酒杯，微醺着醉眼
喃喃自语的跌入你的怀抱

此时此刻，我知道
你在前方，在战斗
疲惫的身子，困顿的双眼
依然露出毅然的信念
与新冠病毒搏杀，与死神争夺
足够比肩史上任何一场战争
无声的战斗，有声的医治
胜却世间的亲情、友情和爱情

斗室方寸成战场
中华儿女，十四亿人人是战士
亘古未有的战争

在神州大地熊熊燃起
耐心，恒心，坚韧不屈地毅力
举刀向敌人砍去
自我隔离，自我封闭
远离毒源，隔断毒源
隔断不了亲情，封闭不了温暖

我看见，涌动的春潮
武汉，湖北，万众一心抗击病魔
每一个人，每一家，每一户
坚守阵地
不退却，不串门，不出行
志愿者在鹅毛大雪中前行
每家每户送菜送药送物资
这是什么精神
震撼着世界每一角落
惊天地，泣鬼神
在党的领导下
没有战胜不了的困难

胜利的曙光已现
东方跃然着青色的阳光
悠悠然露出盈盈的笑靥
如婴儿般的纯净
我希冀着，盼望着春水漾漾
在姹紫嫣红的阳光下
穿行，莫负青春

三月的春天，分娩了

三月的春天，分娩了
绮丽梦幻
窗外，蔷薇花
如少女般的眼波
盈盈　　粲粲　　清清
无限柔情又妩媚俊俏
在薄如蝉翼的阳光下
轻轻的唱着山歌
一路跳跃，一路欢笑

三月的春天，分娩了
飞扬的诗情
风儿，如同帅气的少年郎
满腹经纶的手持玉笛
轻轻拂着柳絮
吮吸着爱的琼浆玉液
举杯。邀三五知己
在湖畔，在花间
莫负春光

三月的春天，分娩了

恋曲悠悠
绿莹莹的河水
一路向西，旧情难忘
趟过困苦彷徨的岁月
手执红笺
说尽相思，多情何似醉
晓风残月，燕归来
我劝君莫笑
梦醒时分，乘一叶扁舟
远航
烂醉花间，为谁醉
碧海情天，苍天笑
细雨霏霏任逍遥

屐痕屡屡

白杨 著

春雨如丝

春雨如丝，丝丝缕缕
浸润着温馨和甜糯
岸边的枝头
一丛丛的新绿
睁开希冀的双眼
盎然了生命，活力着诗行

春雨如丝，绵绵不断
浸透着爱的云絮
团团卷卷的漫天飞舞
阳光也抵挡不住
婴孩般的笑靥
梦随风而歌
携着你的纤纤玉手
花香蝶翩跹
天涯下红妆眉弯
沧海笑，两岸青峰聚

春雨如丝，纤纤细细
浸满着柔柔的情愫
潭水清清，清澈如莹

如同你的双眼

明澈清亮，澄静如镜

我愿坐在树下

静静的看着你的双眸

享受阳光的馈赠

时光的年轮

悄然流淌着风情

从海上来到大漠去

春雨如丝，疏疏密密

斜风细雨般的倾诉

如泣如诉的思念

点点离人泪

栀子花开，杜鹃如歌

痴痴缠缠的音乐

在如血的残阳里

悲怆

屐痕屡屡

白杨 著

禅意栽种在月华中

当一缕熹微的晨曦
坐在蒲团上
禅寺中偈语和心灵的澄澈
节奏悠扬的诵佛声
顿悟的木鱼声
时时敲击着虔诚的信念
佛光如一轮金光
普照在宁静的寺院
禅意栽种在月华中
缓缓流淌的岁月
孤灯枯坐，吃斋念佛
青春已不在
发宏愿，发慈悲，救苦救难
祈福天下苍生平安吉祥

当一轮晚霞，缓缓西去
坐在蒲团上
络绎不绝的朝拜者
如潮水般退去
香烟氤氲着一派祥云
诵佛声中浸润着宁静

双眼里充满着爱恋

如秋水一样划过的岁月

禅意栽种在月华中

无悔这一生

路没有人为你选择

欲望缤纷繁杂

看透了红尘三千的把戏

何必痴缠这情字

想透了

听风吟诵一声阿弥陀佛

屐痕屡屡

白杨 著

风中旋转着青春忆影

风很轻，很柔
感觉不到风贴着面吹来
就像快乐一般
随处可见，如影而随
如同小孩在春光下
嘻哈，嬉戏，撒欢

眼前飘忽着影子
那时光，真的好年轻
幻想在风中伫立
傻傻的想着
山那边，海的对岸
凌波踏浪而来
红色的裙裾
惊艳了封闭的尘土

在草地上，阳光很温暖
躺在蓝天怀抱里
惬意的看，听
孩子的欢声笑语
风中旋转着青春忆影

那抹不去的红裙
在风中漫舞，跳跃，奔腾
绽放着青春的美艳

总想珍藏
艳艳的红裙子
和曼妙的舞姿
缤纷万千的生活
怎么会封杀富有幻想
哪怕夕阳缓缓西去
生命依然绽放
爱的旋律

屐痕履履

白杨 著

沐一场桃花雨

沐一场桃花雨
来吧，带上粉红色的丝巾
把快乐捎带给风
在空中飞翔

春光曼曼，花枝艳艳
羡煞了双眼，秋波流转
牵着你的手，一同去看海
无边无际的波涛
一浪一浪
撞击着的心房
亲吻蔚蓝色的海
久久的不分开

记得往日的时光
我们去接受桃花的洗礼
时空交错，同样的风景
春光曼曼，花枝艳艳
鹅黄色的裙裾
在阳光下飞扬
莺啼燕语，留下了你的倩影

往事可成待追忆

今天，我又回到了花的怀里
凝固的思念，弥漫着桃花芬芳
走在幽幽的小石板路上
一遍一遍的遐想
你轻歌曼舞的身影
揽在怀里，吻你的眼敛
薄薄的火焰般的双唇
吻到天老地荒
再也不分开

漂流的花瓣

我站在海的岸边

摘一朵花，一瓣一瓣

写满思念的诗行

漂流，随着海的波涛

送给你——

鸥鸟掠过海面

浅吟低唱，回味着那时光

沙滩上深深浅浅的脚印

我站在海的岸边

今晚，月光迷人

听海水轻轻的拍打

你是否和我一样

站在海的对岸

摘一朵花，一瓣一瓣

把你的吻，刻录在上面

漂流，融化了晶莹的泪水

此起彼伏的牵挂

一浪一浪涌上心头

那时光，多美妙

你双眼，荡漾起秋波
陶醉在月光下
呢喃，婆娑了斑驳的影子

今晚，皎白的月光洒在海面
圣洁而柔美
我在这儿，你在天涯
离别的凄美，思念的哀怨
如同这海水，波澜起伏
缓缓流淌
我在月光下，等你归来
摘一朵花。编织花冠
为你接风洗尘

枫叶醉了

枫叶醉了
像喝高的吟游诗人
秋阳下
手舞足蹈的随风起舞
失恋的痛苦
如坐针毡的哀怨
留下了字字的经典
让后人祭奠

枫叶醉了
像贵妃醉酒时的双眸
迷濛的让人神往
秋风里
簌簌而鸣的婉啭啁啾
俘获了帅气少年的黑夜白昼

枫叶醉了
行走在乡间的小路
幽幽的遐思
静谧
没有一丁点儿声响
初恋的盎然乐章
久久迴荡
在心底

故人来

雨，细细的下着
昨晚的思念，未断
柳枝风情的摇曳
梦中的女孩
婉莹清兮，莺啼娇羞
秋声可曾老

杯中的红酒
未曾品茗
烛光浸透着哀婉
八菜一汤
氤氲着往日的璀璨
一曲不知唱了多少遍的情歌
依然为你流下
泪千行

黄河边，浊浪涛天
信天游，吼不住西风呼呼
疑似故人来
马蹄声声绕东床
芦花飘飘，天边的云
追逐遥远的星星
守候，守望，等待
来年风微微

履痕履履

白杨 著

芦花，黄色的思念

起风了，黄黄的芦花

飘舞着絮絮的细雾

吹乱了三千尘世

邂逅的惊艳

远去了

一声声的雁鸣

离别的泪水

任凭风，在冷冷的夜

无法入眠

心留下

琴弦拨动

柔软的情丝

悠悠沉沉的凝望

风舞蹈，芦苇微微

湖面上飘逸着深情眼眸

宛如少女的恬静

阳光下

润如玉的纤纤小手

羞涩的菡萏般脸庞

淡然的出神

写意着青山绿水的浓郁

不经意
繁花落尽
秋风荡起双桨
满天星斗
写不尽哀怨的迷茫
掬捧着朵朵的思念
水中月，映照着不老红唇
吻着岸边飞絮
沉醉

一汪湖水，漫不过一滴泪

湖水汪洋，清澈
碧翠的令人羡慕，有点眼红
像绝代风华的女子
孤傲冷艳

湖水荡荡，永远不留半分情感
向东流去，漫漫漾漾，一波一波
偶尔风吹过，卷起涟漪
可曾记得，儿时的梦想

山脚垭的车前草
满山遍野
双双对对的蝴蝶
池塘边私语
院子里的老槐树
星星，月光
你——
羞涩的眼眸
沉浸在手牵手的游戏中

风掠过古老的星星

湖畔，汩汩的弹奏着
比诗还优美的小调
雀跃的心，起伏的胸膛
真实的完美无瑕
一幕幕的演绎着
爱的悲欢离合

清亮亮的湖水
湖畔长满了芦苇
当年的你
风霜染上了白发
望着村的尽头
双眸噙着往事
一滴混浊的泪水

在湖边肆溢
江南，正是烟雨蒙蒙

履痕履履

白杨 著

深夜，你递给我一杯红酒

同在一片月光下，月色撩人
深夜，你递给我一杯红酒

我久久凝视，酒杯上烈焰般红唇
感受着激情澎湃的思念
像一束阳光，穿透
在黑暗的夜晚
散发着你的幽香

我灼热的眼眸中
一曲离殇的诗歌
慢慢迴荡在烛光晚餐中
此时此刻
你我相隔千里
流淌着无言的寂寞

我呡了一口酒
醇厚，浓郁
滑入口中
猩红色的风情
润泽着四肢百骸
思绪在发酵

夜空下，静谧的有点可怕
总有一双眼
满目含情，祈盼
山川河流，涌动着春潮

醉了，枫

一场盛大的筵席
满山遍野闪烁着血色
回望——火红的青春
澎湃——激昂的诗情
在这样的时光里
怎么能——
为逝去的岁月
悲哀

点燃篝火　　举杯放歌
拉着你的手
跳舞
虽然　　青春不再
心依然坚贞
豪气干云的醉卧
家乡的河畔
那一树树的枫叶里
疏离是谁的爱恋

讴歌——
流水似年的韶华

履痕履履

白杨 著

那纯纯的情思
如家乡的河水
清澈无杂质
像妈妈酿的土酒
醇厚绵长
喝一口　唇齿留香
回味永远

梦里梦外
家乡的小河
青春的影子
还有妈妈的土酒
不醉也难
醉一回
在家乡的土地
和满天飞舞的枫叶

一抹炊烟蓝

网中情思

用思念结成的网
在血色的黄昏
撒下网
捕获着缱绻的时光
呢喃不尽的话语

水面上风平浪静
没有一丝波纹
水底下涌动着
切切期盼的眼神

风不愿也没有
多余的话语
黄昏的夕阳
激情被燃烧
显现出庄严妙相

网撒下去了
等待　　漫长岁月
失去了耐心
痛苦会每分每秒

屐痕屐屐

白杨 著

撕咬着心和灵魂

有时候　　真想把心网

封存　　　　不愿让它看见阳光

痛结成茧　　思念变得陌生

晚归的渔舟

在血色的夕阳下

轻轻的吟唱

乡村的宁静

七夕断想

我听过无数的童话
都没有鹊桥相会
凄美动人

365 天的没日没夜
希冀　　期盼　　等待
苦苦的煎熬
就为了这一刻的相拥

你说过　　我们
有百岁的生命
有百日相聚的时光

百岁后　　羽化成仙
就不会这么悲苦
大千世界万丈红尘
相逢在青山远帆的飘渺中
依偎在逶迤的峡谷里
朝露夕阳的影子
留下你我长长的足迹

屐痕履履

白杨 著

静寂的风铃

风停止了浮躁华丽的吟唱
躲在云的背后
深锁着目光　　沉思

轻轻翻开历史的卷帙
征途中一幅幅的血腥画册
当然也有轻歌曼舞

夏日的暴雨　　不期而遇
轻佻的舞女　　狼狈的拖着长裙
逃窜　　雨点　　就像喝倒彩的掌声
热烈而又整齐

我不知道　　风铃的沉默
代表着凝重的悲哀
人类总要反思过去
镜子里我　　不免失落
鬓发须白　　一年光景又溜走了

风不再是风流倜傥的奶油小生
某一日下午　　阳光下　　回忆
自觉不自觉　　唱着当年的情歌
声情并茂　　被自己而陶醉

冀望着　　追寻你的脚步
大漠深处　　狼烟四起的图腾

红叶

掬一汪清冽冽的湖水
洗尽思念的铅华
任风儿载着小船
驶向彼岸

满山的红叶
家乡的温情
浸润了我生活的点点滴滴
飞翔在青山绿水间

时光荏苒
家乡的红叶
飘来飘去的舞蹈
优美典雅
总也忘不了
燕子归来时的眼泪
屋梁上的窝
叽叽喳喳的歌谣

秋风送我
那一片红红的树叶
镶嵌在我生命里
家乡的温馨

履痕履履

白杨 著

下一个车站

跟你约了整整十年

在苍山洱海边

青翠的山脚下

听百灵鸟鸣唱

碧绿的湖水

轻轻荡漾

等你

下一个车站

未曾想过

一等就是十年

花开了多少茬

鸟儿早已羽化成仙

我站立成佛

春暖花开的夜晚

星空　　泛滥成灾的击打乐

震耳欲聋的情话

山明水秀的景色

被污染　　伤害着

你的双眼

跟你约了这一辈子
在月明星稀的夜晚
等你
下一个车站

不需要浓妆艳抹
如你——
青涩的浅笑
低眉弯弯
白白的衣衫
小碎花的裙子
不胜娇羞

下一个车站
等你

今日，就是今日

今日，秋风肆无忌惮

漫卷着红叶

留存的思念　落英纷纷

凤舞九天　黄沙阵阵

今日，就是今日

眼眸中浸润着往事

时时分分打湿了衣衫

不敢追梦　秋阳正浓

苏州河畔　河水清冽

一波一波的斑斓

黄黄的菊花

透析着平和的气度

暗香弥漫在水面

穿着大红裙裾的你

在凉凉的风中

晨跑

脸庞洋溢着青春的光彩

公园内的红衫树

张开双臂　　将你拥入怀中
气吐幽兰的丝丝在耳畔
仿佛如昨日
一切在眼前晃悠

秋天是值得记忆的时节
二八年华的岁月
总是匆匆
繁花落叶的伤感
徜徉在秋风里

今日，就是今日
流动的红色
在晨曦中　　格外艳丽

屐痕屐屐

白杨 著

雪落梦乡

披一袭白白的长裙
在一轮清辉的明月下
独舞

悄然无声的来到
怕惊扰了妈妈的梦

妈妈累了——
三百六十五天
操劳　熬尽了心血
为我们为家

春光烂漫的时光　　将爱播种
奔腾火红的年月　　快乐生长
金色辉煌的时光　　收割初恋
静谧安详的韶光　　酝酿梦幻

不知是我还是你
睁开好奇的双眼
一树梨花开
晶莹雪白　　粉嫩透亮
惊艳了山涧的河水
缓缓的流淌着儿歌

梦里　　我听见
妈妈唱的摇篮曲

红梅

与雪为伴　　坚贞如一
沐雨栉风　　不离不弃
冰暴严寒　　展露出粲粲的笑靥
像秀丽无比的少女
怀揣着梦幻
扑进初恋的怀中
幸福的摇曳

冬日的阳光
投射在雪地上
白色的晶莹
红艳的娇羞
在天寒地冻的包围下
一株株红梅依偎在雪中
像一支支剑戟刺破艰难困苦

人生的信念
在困顿的途中
方显本色

风花雪月的呢喃

屐痕屐屐

白杨 著

也曾让我沉湎
经历过灰色的旅程
窒息的桎梏
无法抹去的记忆
雪地的浪漫情愫
深情的相拥
刻骨铭心

谁是谁的风雪
一生挚爱无所谓
爱过才知情浓
仿佛忘了自己
伤了就是伤了
惊醒中找回自己
清水荡起波澜
水底下——
情怀依托

梅花泪

去年今宵
漫天飞舞的雪花
为你饯行

谁说梅花不销魂
铁汉柔情
片片花骨泪纷飞
伤心黯然
为谁醉

此去一别
千里之外的书笺
捧读在手
暗香盈盈沁入心脾
耳畔依然
回味着
丝丝软语

推杯换盏
梦回那时分
不枉此生
凝眉相望的等待
今又雪花飘

第三辑 一抹炊烟蓝

083

我心中的山水，你眼中的风月

雪落无声
小小的庭院
几株红梅，妍丽娇羞
弥漫着淡淡的香气

月光银白
清清的绿茶
苒苒几盈虚，暗香盈透
彩云待归，花衣几重

我心中的山水
你眼中的风月

静谧的清晨
静静的坐在庭院
静静的听
山风吹拂，树叶簌簌而鸣

落叶无声
一间小小的木屋
满院的梨花，媚媚妍开

春光下，眼眸中溢流出爱的柔波

湖水微澜，清清澈澈
远离城市的喧嚣
守着静静的湖水
守着静静的岁月

我心中的山水
你眼中的风月

月上中天，无限柔和
柔和中，心被爱包裹

无边的风月
在温暖的手中，流淌

沉浸在聆听湖水的拍岸声
一丝丝的杂念
在清清的湖水里
向东流逝，思念悄然无声

屐痕履履

白杨 著

冬未央，春已出发

冬未央，春已出发
江南的港湾
淅淅沥沥下着多情的雨
楞头青似的撩拨着赶春的旅客

风儿温柔了许多
不见了黄脸婆歇斯底里的吼叫
嫩藕般白白的双手
摩娑着绿莹莹的河水
如同豆蔻年华的女孩
睁开梦幻的双眸
张望着，祈盼着

分别的太久，太久
急不可耐的杨花
随风漫舞，天女散花般的炫丽
丽日下，向爱美的姑娘致敬

脱去一冬沉沉的厚重
雪也被感动的无以复加
融化成汩汩的清泉

扑面而来的邂逅
抵不住袅袅娜娜的重逢
珍珠般的泪水
任性的涕泗横流
这就是，多情妩媚的江南
烟雨濛濛，欹枕水乡

冬未央，春的港湾
早早敞开万紫嫣红的胸怀
等待着燕归来
醉了醉了，醉在彩云间
乘月色溶溶的翅膀
在柳树下吹一曲
红尘万丈，弱水三千
晚风拂柳，一觞一咏

冬未央，春已出发
我在春光漫漫中
期盼和你一起
吟诵

屐痕履履

白杨 著

女人，花，花非花

女人如花，三千丈红尘

摇曳生姿，顾盼生怜

趟过时间的河流

碾碎芦苇微微的风雪

一袭湖蓝色的旗袍

款款，娜娜，婷婷

秀色可餐的灯光

逸飞着优雅妩媚

如一粒石子

投入在清冽的湖水中

荡漾起艳丽的恣意

惊起一滩鸥鸟

羡慕的双眼

濡湿了岸边的阑干

忐忑不安的心

恍惚又膜拜的礼花

染红了星空

在这个无人知晓的夜晚

写下一川川诗行

女人，花非花

迈过严寒的门槛

蕴酿温润如玉的慈爱

天际边，那一缕青色的光

跃然在天际海边

滋养着万物

扬花吐絮，风飘来飘去

梦幻的思念，点点滴滴

化作春雨，细细绵绵

青春的情愫，用笔写不完

岁月，沧桑，白了鬓角

怎耐得，一蓑烟雨，郊外

翠翠的拂绿，弱柳扬风

女人如花，花非花

四月芳霏的爱恋

年少作歌，轻狂了谁

想当时，举杯邀月

多少狂蜂浪蝶

红粉知己，入腰舞步

一曲离殇，现如今

安何在，悠然怅惘

莫忧前程，欹枕江南

一弯月亮，照在庭院

趟过时间的河

一缕青青的阳光
穿透厚重的历史大门
沉睡的记忆被惊醒
坐在门槛上
翻看发黄的书页
无风的时光
油菜花痴痴的傻笑

童年——
苦涩的歌谣
无法用文字去记载
犹如一棵棵
荒芜的杂草
在河畔在旮旯
疯狂生长

年少时炽热
举着鲜艳的旗帜
饥饿中难以忘怀
寻找爱的足迹
颠倒黑白的年代

终究被重新颠倒
绿色的曼陀罗
翩翩起舞的梦想
手捧一卷书
亲吻着——
初恋的红红嘴唇

苦难贫困
是我们这一代人
摇篮曲
面对苦难
退却沉沦乃至堕落
不是我们的答案
身上——
流淌着一脉相承
中华民族
不屈不挠的血液
奋斗中崛起
品茗着
烽火三月的浪漫

浪迹天涯志在四方
家国情怀
生命的全部
修身齐家平天下

屐痕履履

白杨 著

又闻到了
家乡的味道
广袤无垠的田野
袅袅炊烟
和一川烟草

春之三月
梨花妍妍的开着
乡间的小河
静静的缓缓的荡漾
朵朵涟漪
归来的时光
疲惫身影
灿烂的笑容

趟过时光的河
留下一份依恋和回忆

大漠月圆

敞开博大精深的胸怀
把人世间的悲苦
随着缓缓西去的落日
统统的消失在无垠的天边

月亮悄悄的爬上来
大漠在清辉的抚慰下
更加雄浑宽广
摄入心魄
那一抹狼烟和一堆篝火

谁都说，故乡最难忘却
我明明知道，魂被牵挂萦绕
浩淼无际的大漠
和尘土飞扬的马蹄声

天际的尽头
千年的胡杨，千年的血色
月圆时分，我在大漠
用自家酿的酒
等你——
祭拜爱的丰歌
我们的先祖
中华民族的精神

屐痕履履

白杨 著

小满情思

阳光有点威烈
一冬的阴暗潮湿
在阳光下，无处逃遁
现代的年轻人
已经不喜欢烈焰般情愫
水嫩样的皮肤
苍白的虚假
在花枝招展的伞下
妩媚的穿街走巷

田野，飘逸着泥土的馨香
稻谷和麦子
泛着年少的羞涩
涌动着春潮
波浪起伏
朝着憧憬的理想·
热烈而大胆的奔跑
丢弃幻想·
用汗水浇灌土地
驿动的初恋
踏着诚挚的浪

捕获姑娘的芳心

夜晚，灯光迷濛
空气中弥漫着暧昧的语言
失恋的女孩
在微信里，一遍一遍的呼唤
落下鳞伤的泪
借着酒的灵丹
声情并茂的醉卧在寂寞里
有多少伤心，就有多少的欢情

履痕履履

白杨 著

枝头上的你

枝头上的你
身穿金黄色的裙裾
薄如蝉翼，音如黄鹂
在薄薄的清辉里
鸣唱着哀怨的思乡曲

离开了太久，太久
梦里梦外都是青纱帐
故乡遥望不及
乡音也无法交流，共鸣
只能喃喃自语

妈妈的坟头，长满了蒿草
清明时节，我在大洋彼岸
在妈妈的遗像前
烧点纸箔，点上三枝清香
遥祝妈妈在天堂
再也不要操碎了心

枝头上的你
我知道你是妈妈的使者

每一个音符，每一句唱词
都是慈爱和关怀
清晨，每一缕阳光
都是妈妈的叮咛

妈妈，请放心
我会努力，会好好的
故乡难忘。难忘那青纱帐

展痕履履

白杨 著

台阶

高山的台阶
蜿蜒盘旋铺向山顶
攀登——
一路前行，一路泉水淙淙
风景独好，青翠妩媚的杉树
直指云霄，抒发着年少风华
写满了痛并快乐着的情怀

抚今忆昔，追风逐月
筑梦路上，有你相伴
沐雨栉风的彩虹
在头顶上闪烁
每一次的登临
我看到了你额上
晶莹的汗珠
在阳光下斑斓

脚步深深浅浅
镌刻在青春的年华里
遗憾——
被那些心灰意懒者夺走

留给你我
是雾夜的眷恋

喜欢——
夏日的盼望
一个人静静的坐在山脚下
没有风也无所谓
听——
小河轻轻流淌的诗句
划过心灵的风声
洗涤着岁月的疲惫

台阶，山里的台阶
感应着我的呼唤
年少时的憧憬
依然在蛊惑着我
这颗不年轻的心

握在手中的落叶

风卷起落叶
行几万里
路途中
历经了千难万险
飘落在我手中

握在手中的落叶
破败残缺且发黄
我把它——
紧紧贴在胸
思念也被
夏日的雷暴雨
淋透

家乡的那条小河
清澈见底
溢流出来的影子
晃荡着童年
天空被雨水清洗
蓝的纯净
心却被这雷霆

震撼的无法平静

儿时的梦
渐行渐远
无法触摸的痛
时常在睡梦中惊醒

握着手中的落叶
思念
越来越长
长到无边无际
转换，切割
哪怕会多种的语言
也抵不上一句
家乡的土话
和妈妈的问候

感恩时光

金色的稻谷弯下盈盈的腰
红色的枫叶唱着艳艳的歌谣
在秋阳里
感恩时光，感恩辛劳
与浓浓的酒
一起舞蹈

从出生的那一刻起
温馨浸润着生活
与风雪为伴，与春花为伍
共同成长

我们享受着
父母慈爱的臂弯
也忍受着
师长无情的责罚
严厉与疼爱交织
感恩父母，感恩师长
风雨和彩虹并行
笑脸定格在前行的路上

我们一同去爬山，去看海
走在曲曲弯弯的乡间的小路
风景这边独好
油然而生的感恩
伴随着明天的太阳
追逐遥远的星星
在海边，在湖畔
与风情万种的柳絮
飞扬，浪迹天涯

感恩时光，感恩生命
美艳动人的相逢
无敌的青春
朦胧的烛光晚餐
记得那时光
一起走过的日子
幸福和美好
感恩前行路上的困难和挫折
每当不幸的来临
渡劫过后的信念
都是成熟的华丽转身
微笑洋溢在携手的小路上

夜空寂静

夜空，邈邈
寂静了一切悲伤和快乐
镀了银色的月光
展露着圣洁的庄严
在这一刻，回味
你就是我的世界
可贵的矜持
瞬间雪化

夜空，浩瀚
寂静了多少往事
无法诉说
唯有月光悄悄爬上来
轻轻抚摸着你的脸
一如儿时，躲在妈妈的怀里
唱着摇篮曲，憧憬

夜空，淼淼
远去了少年的癫狂
时间沉淀着性情
如果重生

你是否喜欢
今晚的风花雪月
和优雅的舞步

夜空，总是这般神秘
在如此翡翠冰冷的时光
抑止不住的琼浆玉液
放浪形骸的醉卧
在银白色的月光下
喃喃自语

赶月

把月亮
从湿漉漉的南方
捞出

用深情和思念
清除忧郁和痛苦

栀子花已开
被洪水浸泡的很久
颓废的花儿
萎靡不振的难见笑容

蜜蜂
不离不弃的在空中
狂放不羁

灾难荼毒着生命
草菅人民的疯狗
满嘴喷发着毒液
一堆堆裹尸布
触目惊心

北方的太阳
流星般奔向南方
和你一起
仰望星空

我们依然小心翼翼
出门戴口罩
敬畏生命
是中华民族的传统

轮回，世纪大回转
西方精英不住的哀叹
中华民族的崛起
一列列，一艘艘，一架架
地上，天上，水上
满载着中国制造
奔腾飞跑

履痕履履　白杨　著

坐在雨中

坐在雨中，把前身往事
捋了一捋

雨，一如既往的下着
不大不小，毫无情感
村里的小青河
泛着春情，流了一地的天真笑靥
惹得多少无知少年的争吵

我没资本参与格斗
在树下写一首诗
无法给你
埋在心底，久久不散

今夜，看窗前的雨
不急不徐，潇潇洒洒
恍然如昨，情未变，人已非
不染纤尘的少女
今何在

或许，今生与雨有缘

雨丝飘飘，若即若离
轻如你的长发
迎风飘逸，似梦似幻
去追逐遥远的星星
在湖畔在柳树下
听风吟诵
初恋的羞涩

坐在雨中，又想起那时光
天边的云，庭院里的栀子花
梦想与现实
总是打架

屐痕屐屐

白杨 著

夜晚的夏风及路灯

夜很深，很深
深得不可测。有点可怕
星空辽远，辽远的不可触摸
触摸不到它的心跳

我抬头仰望星空
星星时不时对我微笑

夏风柔软，柔软的腻味
黏黏糊糊，总感觉到一股海腥味
或许，我是上海人吧

路灯，一如既往
像思想家那般坚韧
喋喋不休的述说
理想的丰满
被它关注，不一定好事
离不开它的光环，心中纠结
是悲或是喜

影子或明或暗的被拉长

思想却固态，永远离不开，自己画的圈

有时，我想飞腾
脱胎换骨，不再唯唯喏喏
独自一人，飘浮于世
现实，总是一会儿忘记自己
不知道前生往世

在夜空，凭风吹拉弹唱
好好画自己的像，画的真实
灯下，夏日的晚风里
追逐梦想，梦想或许遥远
梦想，一定要追逐
世上会五彩斑斓

狐狸的夏天

婀娜的身姿，在这个晚上
亮相，五色迷离的舞台

妖冶的盈盈粲然一笑
倾倒了芸芸众生
疯狂中的夏天
搅动着绯闻的新闻
荡漾起一层层涟漪

或许，平静的红尘
总有人臆想
制造出一波三折的桥段
茶余饭后的道听途说
津津乐道的诉说
演绎着凄美的爱情故事

其实，你就是那只
千年前，在雪地
快被冻死的小狐狸
为感恩，在这个夏天
不惜一切，投入恩人的怀抱

做一个柔弱的小鸟
依偎在爱人的身旁

在市侩者的眼中
集美艳温柔的小女孩
报恩，不是爱的真谛
玷污了爱情的纯净

有谁敢说
爱情的天平
金钱，地位，权势
和真挚执着相比
熟轻熟重

我知道，美丽的小女孩
媚惑了少年的憧憬
媚惑了我，眼睛

老街

一脚踏入老街
扑面而来的是悠远悠远
醇厚的乡风

阳光正好，纯净无比
临河的小茶铺
晃动着清水芙蓉般小曲
栀子花，白兰花
香溢满街，浓郁馥厚
甜糯的乡音
惬意的浅浅时光
在吟诵诗文中缓缓流淌

江南，无水不成，五水不欢
至柔至纯至软，水是江南的魂

乘坐一叶扁舟
穿行其间，看清清的河水
悠哉悠哉的流去
弯弯曲曲的河道，一孔孔别有风味的桥洞
徜徉在水面上，仿佛是超脱红尘的修士

走入老街，感受着江南的人文风貌
儒雅的在青石板上慢慢悠悠的晃荡
遐想，此时正逢微风吹乱了花絮
抑扬顿挫的吟唱
邂逅——
美丽温婉的女孩
也和我一般
寻找梦丢失了
时光

旗袍

散入的星光
用珍珠串联
编织成精美图案

着一袭雪白色的旗袍
绣一朵荷花
别在胸前
芸芸众生中行走
逶迤着清末民初的风情
摇曳了缤纷灿烂的时光

捧一钵清清冽冽的湖水
雕塑水一般女人花
点缀妖娆无比的眼眸
勾起了波澜起伏
遐想
一颦一笑，无须言语
在阳光下，在年少时光
完美的融化了初恋情愫
挽着纤纤玉手
婀娜的脚步

衬托着曼妙的身姿
娉娉袅袅几十年芳华
演绎着催人泪下的故事

无论是雍容华贵
还是慵懒的优雅
只要身上流淌着
悠悠五千年文化
你就能——
散发出
温婉可爱的魅力

生活杂事

一　　清晨
朝露轻轻的喃喃自语
凝聚着思念
告诉我，一夜无眠
晶莹的快乐和忧伤
时光之河，沉淀着一份真挚

满天的朝霞喷薄而出
射照着大地
洋溢着青春的热烈
蕴育了多少纯净
经历了多少苦难
为了这一刻
义不容辞

清晨的阳光，很剔透
坐在阳光里
心无杂念
斟酌着我的诗句
浓浓的茶
氤氲着清香
在院子里漫漾
心灵一片澄澈
撩人的黄鹂
婉约的啾啾而鸣

生活杂事

二　　　买菜
买一篮春色
鸡鸭鱼肉，海鲜蔬果
绿了灯笼辣椒，红了蕃茄
盈盈笑靥，洋溢在一方天地
各色人群的脸上
写满着安详和快乐

我欲买下一片彩霞
摘下满天星斗
再捎带一朵茉莉花
戴在你发髻上
在撩人的秋色里
为你——
做一顿活色生香的晚餐
试比谁家
花儿更红，更艳，更娇丽

溶溶的月色
泻满庭院
月中桂子挂满庭院四角
浓郁的馥蕾
早已漫溢开来
来一碗桂花绿豆汤
桃花般女孩
在月色里，妖娆，妩媚
人比花儿娇羞

陀螺

旋转，不停的旋转
穿着缤纷的裙裾
舞出精彩
亮丽了青春的初心
和深情
一腔挚爱的恋曲

总想，变身为风筝
与白云为伍
自由的飞翔在蓝天下
去看大海，去看高山

不再幻想，不再虚假
欢声笑语一起走过
童年，少年，青年

生活和岁月的磨砺
踏踏实实的在一方土地
精彩就在脚下

浓浓的秋色
谷场飞扬着喜悦
旋转，不停的旋转
跳起丰收的舞曲
挥洒着青春的热血

只想对你说……

秋分时光，月色溶溶
面对大海，静静的聆听

海浪抑扬顿挫的心曲
只想对你说……
童年，少年的秘密

那时光，懵懂，好幻想
喜欢老师的温婉优雅
就像小姐姐，至情至纯至深

今夜，我又面对大海
月光依然温柔，无可挑剔

就像先前一般
喜欢的女孩
如老师年轻的模样
温婉的像风
款款而来，又款款而去

秋风轻轻

吹拂起你的长发
与海浪一同共舞

只想对你说
初恋美妙的芳华岁月
哪怕躲在黑暗角落
伤心流泪
也是幸福满满

昭华日月，不负菡萏清清涟涟
蕙质兰心，憧憬秋波深深浅浅

小小的希望

孤独的斜阳
缓缓落下
曾经的喧嚣
沉寂了

黑暗占据着整个天空
好好的反省
一路走过的颠簸
忘却了疯狂
和过去的辉煌

一群野猫在小区内
四处流窜
一场豪华的化妆舞会
惹得时尚达人
面目全非

心中仍然升腾
小小的希望

此时此刻

屐痕履履

白杨 著

在远方的你
无法想象
优雅的款款而来
长发飘飘宛如凌波仙子
深潭似的双眸
说着深深浅浅的言语

就这么点，希望
伴我度过，漫漫长夜

炊烟被冻住了

西北利亚的寒冷
掠夺性的漫过村庄，田野
裹挟着刀削似的风
呼啸而过，留下一片沧桑

袅袅炊烟，一缕缕
在空中游荡
忽然被大片大片的雪
冻住，凝聚成风景

纯净的雪中，有炊烟的遐思
落在无边的荒野，山峰
没人知晓，乡间的小路
匆匆那年，匆匆梦想
西风惊艳了多少往事
迷失在海的那边
绚烂的灯红酒绿
摩天高楼

多少年了，不见
今夜这般寒彻

又有多长时间
没有梦到，缕缕炊烟
灶台里的稻米香
风干的腊肉

变幻莫测的 2020 年
魔鬼般的病毒
沦陷了西方，美国
至今还在演绎
血与火的战斗

我在东方，在上海
浪漫的听海关的钟声
漫步在黄浦江边
远在纽约的你
今晚，又将是一个彻夜无眠

家乡的小河

家乡的小河
无名气，如一粒尘埃
家世也不显赫
静静的流淌
忠诚，踏实，宽容
没有耀眼的花冠
尘世中平平淡淡

不事张扬，不暴戾
温柔娴静的浇灌
滋润这片土地
回报生我养我的父母

数九寒天，冰封了河面
不失青春的火红热烈
河底下，涌动着万般春情
蕴藏着期待的双眸
故人来，重温旧梦

不知何时，清澈的河面
被大坨大坨的死黑的病毒

侵蚀着肌肤，浸入血液
变得混浊，臭气熏天
呜咽的泪
干涩，奇痒，病入膏肓
欢乐不在，如同遗弃的孤儿
独自品尝着痛苦

生命，每个人都在体会
不同的激越和痛苦
青春就像这条河
澎湃着热血和梦想
想当年
夏天，我是孩童的天堂
花香虫鸣
男孩扑楞在河面，畅游
女孩在河畔追逐蝴蝶
享受着母亲般慈爱

如今，青山绿水依旧
清澈的河水，泛着粼粼的光

家乡的小河
儿时的天堂
现在依然
是我梦魂牵绕的地方

一抹炊烟蓝

逝去了，一抹炊烟蓝
青春不老的记忆
心中的诗情和画意

清晨，薄如蝉翼的阳光
从山峰，山谷，树梢
逶迤而来，一抹袅袅的炊烟
升腾，融入在白云中
乡村醒了
沸腾了桃花源般的生活
农民的辛劳，勤恳
知天乐命，安逸，豁达
是我难以割舍的情怀
贫穷并不是原罪

暝色微微，山峰碧黛
青翠的竹林，静谧的乡野
那一抹淡淡的炊烟
飘飘袅袅中浸润着
中华民族的身骨和精神

屐痕屡屡

白杨 著

飞鸟环绕着屋前屋后

清澈的山气弥漫着小桌上

饮一杯自家酿的酒

与袅袅炊烟共吐心曲

醒来清风伴月

醉卧池塘偶语

惬意的乡村野居

蓝花印布

逢人便说，江南
随处可见的柳丝曼曼
在河边，在湖畔
风情摇曳纯纯的童谣
一抹淡淡的蓝色
镶嵌在水乡

逢人就说，江南
随手可触摸的碧水
在乡间，在古镇
清澈的水，缓缓流淌
小桥流水人家
听丝竹管弦蓝色小调
绵绵的细雨
浸润着江南的儒雅

人人都说，江南
青石板上，乡间的小路
街上流行的幽幽的蓝
女人把江南的温婉娴雅
穿在身上，镌刻在心底

一袭蓝花印布的春衫，裙裾
风靡了民国，风靡了中华大地

那一抹淡淡的幽香
蓝色的江南小调
如诗如画飘逸在秀丽的湖面
如丝如缕醉卧在清风明月中

大美江山

雨中登鹳雀楼遐想

兴匆匆去慕拜
白日依山尽的诗意和澎湃
涛涛涌涌的黄河
那登高望远的气势

老天开了个玩笑
飘泼的雨从天上倾泻
黯淡的云如幽怨的女孩
思泪到天明

灰濛濛的远方
中条山不知在何方
做着年轻人旖旎的梦幻
被雨潇潇的大幕遮住眼帘
只能看到楼上楼下
五彩斑斓的衣衫和雨伞
湍流着一腔情思

有时候　　静下心来
想想——
诗在远方　　在大漠

骑马驰骋在草原
天涯明月英姿勃发
偏偏——
忘了眼前人

雨纷飞　　虽不见
极目远眺的霞光倒影
因楼而诗因诗而名
千古绝唱
我用虔诚的心
点燃三支香

又见平遥

平遥　揭示着中华民族智慧
东西南北中　蕴含着天地人
五行　阴阳之学问
龟城　千年的古城
保存完整的五 A 级景区
名震遐迩

我怀揣着一颗崇敬的心
顶礼膜拜着祖先
走在青石板路上
领略着古人的道韵
三横一纵的布局
文庙关帝庙真武庙寺庙城隍庙
文提笔安邦武踏马定乾坤
透析着先人的哲思

龟　万年生命法则
静——笑看风云
动——雷霆万钧
动静相宜
每一次的脱胎换骨
焕发生命焕发青春

道法自然　　无为无不为
儒道佛至圣　　完美诠释

晋商　　历史的名片
三百年的风云变幻
票号　　民族银行符号
汇通天下

平遥见证了近代
商业发展史
走西口
丝绸之路的延续

晋商的成功和衰败
浓缩了三百年来大清帝国
盛极而衰的历史
中国由此书写着屈辱

我站在古城墙上
极目远眺　　思绪久久

太行山脉　　抗日烽火连天
70 年国庆阅兵
庆今日之国富民强
躬逢盛世　　我辈之幸
饱览三千里山河秀丽
无限夕阳　　人生之恋歌

壶口瀑布揽胜

惊叹　　大自然的神奇
这水从何而来
咆哮着轰鸣着
到哪里去

天上之水　　奔腾着
犹如千军万马杀向敌方
气势磅礴　　震撼着
黄河大合唱
唤醒了东方的雄狮

黄河　　母亲河
温润如玉平淡和缓
如您的乳汁
甘甜滋养着儿女
涛涛涌涌奔腾不息
如您的意志
言传身教养育着子孙
奋发图强

不幻想不乞讨

屐痕履履

白杨 著

用我们勤劳的双手
去建造自己的幸福

梦想　　在脚下　　在远方
奔腾到海　　一路向西
中华民族到了最后的时刻
梦圆时分

这是黄河的性格
也是中华民族的性格

晋祠

晋祠——
最早的皇家园林
圣女殿　水镜台　难老泉
三大名片闻名中外

水镜台——
殿台楼阁完美组合
上看似殿下看似台
东看似殿似楼西看似阁似台
明清风格融合于一体
戏台的音响
地底下的四口大瓮
户外广场中每一位听众
清晰共鸣与之共舞
我站在广场的东南角
听风吟慢慢思
惊叹我们先人的聪慧
留下一份份的精华
睹物思人

圣母殿——

木结构的建筑
每一根柱子
两公分相差
由西向东微微上翘
由外向内微微倾斜
减柱营造　　大殿之门
尽显九五之尊
皇家恢弘气慨

圣母——
邑姜太公望之女
周武王王妃
晋祖——
唐叔虞三晋始祖
圣母次子
庇护保佑三晋子民
五谷丰登风调雨顺
周柏三千年
虔诚的跪拜圣母
为圣殿哲风挡雨
唐柏一千五百年
如擎天柱托起一片孝敬
远远观望　　由然生敬
大自然的神工

难老泉——

四大名泉　润泽一方百姓

甘甜如饴　醇厚绵柔

饮一口　沁入心脾

思源　感恩　圣母先祖

圣恩遗泽　泽被万世

晋祠——

坐落在山明水秀的太原

尧帝的出生地

人杰地灵古迹瑰宝

欣赏观览文物古迹

地上游山西

地下去陕西

显示佛道儒博大精深

五千年中华民族文化

源源流长

天涯山之恋

天涯山　　坐落山西原平
一方百姓的圣山
山峰吹拂着莲花幽香
滹沱河水　　清清冽冽
流淌着圣洁的光辉

诗歌之乡
浸润着书卷气
风流倜傥如翩翩公子
在三千红尘中
遗世独立

状似莲花　　宁静平和
观音菩萨　　祥光普照
瑞云霭霭　　梵音荡荡
香火鼎盛　　烟雾缭绕
三炷香举过头顶
求愿　　还愿

神祠　　状似木鱼
天地在我心

拜佛广济众生
积善行德　渡有缘人
我虽不是佛门中人
跟随着众人　　默默的念叨
仿佛与你一起
记忆着前生往世

天涯山　　忠孝之地
供奉着二十四孝之首
介之推的品德
流传万世　魂魄归故里
家风　乡风　　国风
五千年文明瑰宝
落地　诵读　传扬

我欲乘风　捎带着诗情
跪拜在班婕妤的面前
沾一沾诗的才情
抑扬顿挫的吟风弄月
做一做行游诗人
写下天涯山的风情
送给你

履痕屦屦

白杨　著

朝拜的海

蔚蓝色的海水
宁静　　平和　　温润
波纹中溢出圣洁的光辉

缓缓的流淌着虔诚
发自内心的善缘
跪下　　叩头　　朝拜

喃喃自语的求愿
肃穆　　庄重　　敬畏
淼淼的海面
迴荡着悠长悠长的诵佛声
一丝丝的杂音
被庄严肃穆涤荡

海——
依然是那片海
佛国的声音
环绕在这片海

海岛沉醉在求愿中

求与不求
揉和在一起
善缘恶缘彼此交错
分不清黄色与蓝色

太阳从东方升起
万道金光铺设在海面
从金光中走进
无欲无求的寺庙
世无一物　　心似明镜
佛号在每个人的头顶
环绕

沈丘吟

沈丘——
河南东南之璞玉
古项之国都
楚韵之存厚
梁，宋，吴；楚之冲
齐，鲁，汴，洛之道
悠悠几千年璀璨文化
居颍河之水中游
皖豫交界
中原之边陲
经汾河，沙颍河，泉河
黄河母亲的遗泽
滋润浸养着土地
人文汇萃，地杰天灵
多民族集居共谱新声

春之三月
一场疫情过后
我迈着愉悦欢快的脚步
踏入晓顶寺
虔诚唱着声情并茂的舞曲

点燃三枝清香

向着苍袅的云天

祭拜大地之母中华民族祖先

女娲娘娘

无论我在何方

总会唱着黄河谣

醉卧槐树下

晓风残月的思念

春之三月

一场病毒过后

我随着春雨潇潇的声韵

轻歌曼舞

踏入至元寺

圆圆的屋顶

与厚重的黄土地

媾和交流

中东信仰和中华信仰

经历千年的风云

生根开花

春之三月

一场微微的风吹来

我跟随着风而去

脚步深深浅浅

来到槐园
听清清的河水吟诵
白白的槐花妍妍
在阳光下
如青涩的少女
惊艳的嫣然一笑
袅袅娜娜的炊烟
飘逸着槐山羊肉的醇香

春之三月
华灯初上的夜晚
走在沈丘的大道
欣赏着槐府六号广场
徜徉在山水间
和鸣着美轮美奂的歌舞
仿佛漫步在魔都
大上海璀璨夺目的灯光下
享受着疯狂的爵士乐

春之三月
花之曼曼，光之灿灿
在沈丘，我不知身处何时
三千年的古老文化
现在文化的快速奔腾
在这儿碰撞
迸射着激情

沛县行

古之沛泽，汉高祖故里
泱泱古国，荡荡千秋
明高祖之祖籍
汉汤沐邑，楚之名地
人文荟萃，名人武将倍出
崇文尚武民风醇厚
千古龙飞地，帝王将相乡

我怀着一颗崇敬的心
参拜汉高祖庙
斩白蛇，泗水亭聚大义
历经重重磨难
鸿门宴九死一生
十面埋伏，西楚霸王自刎乌江
我仿佛看到汉高祖意气风发
吟诵着《大风歌》的激昂
开创了汉文化的辉煌
成就一代伟业
灿烂了中华民族
汉朝犹如一颗璀璨明珠
光耀千古

我与你同行

在春光漫漾的日子里

在微山湖的岸边

徜徉在荷花池中

风微微吹来

滤去城市的喧嚣

慢慢的静下心

放空红尘三千的凡事欲望

阳光如清澈的梵音

涤荡着灰埃的沉重

漫步其间，嗅闻着花的清香

遐想和构思诗行

重重复重重

漫步在沛县的大街小巷

千年的古城

千年的厚重

感应着中华民族的悠久

璨璨的汉文化

天人合一，道法自然

尊重生命，尊重自然，尊重法则

五千年文明灿烂

我辈之幸，幸之中华人

我辈之责，继承发扬

中华民族之传统

追求，奋斗，圆千年之梦想

小木屋之恋

记崇明沈家湾精品民宿

宁静的时光
又想起了小木屋
我青春的忆影
和初恋，那羞涩的一刻

四十七年的岁月
如幻影般在眼前掠过

轻轻地走过
绿莹莹的草地
躺下，和你在一起
仰望天空，寂静了时光
白白的云，在头顶悠悠的飘来飘去
聆听
缓缓流淌着
青葱般的心语
和寂静的小河
捧着你的手
第一次颤抖的悸动

我青春的忆影

履痕履履

白杨 著

时不时的泛滥成灾
跋山涉水，穿越时光之河
又见到了
小木屋，你那美丽的倩影
和澄澈明镜般双眼

在灯下，在墙角
吐着淡淡的幽思
栀子花露出浪漫的笑靥
风儿，也特别温柔

在瀛岛，美丽的乡村
呼吸着柔柔的情愫和
江南女孩
丝丝的甜馨

高邮漫行

高邮 ——
帝尧的故乡
尧文化发祥地
江扬文明，邮文化里程碑写照
始皇帝筑高台，置邮亭
遂得名，高邮，别名秦邮

一座浸润着中华民族丰韵的城市
无处不在的书信传奇
似一道道绚烂的彩虹
泼墨般浓情厚谊
叹为观止
远隔千山的心灵寄托
切切思念
都化作一封封
散发着墨香
慰藉着孤独的心灵

吴王夫差开凿邗沟
连接长江，淮河，
驿站与运河在此交聚

演绎着人文情怀
炳彪史册的书画清韵
7000多年的厚重历史昭示着
祖宗的智慧，先人的哲思
5000多年种植水稻史
使我敬佩，膜拜

高邮湖，国之第六大淡水湖
江苏第三大之湖
漫步湖堤
犹如处子之静美

一座名震遐迩的文化名城
龙虬庄文化享誉中外
城中古迹枚不胜举
双塔一楼一台
（镇国寺塔，净土寺塔）
（奎楼，文游台）
湖，河，驿，城相融共存
方寸中领略中华民族优美

无论你走在哪里
扑面而来的古韵琴弦
拨动着丝丝柔情
就像唐诗宋词悠然
怅惘金秋
得片刻清闲
慢慢咀嚼

我心中的以色列

一　　国歌

两千年的希望

做一个自由的人

屹立在锡安山和耶路撒冷之上

家国情怀迸发出希望的火种

无论贫穷，还是富有

无论我身处何地

家的港湾，我都会想起

妈妈那慈祥的爱和妻子温暖的臂弯

国是每一个百姓苦难的避护所

精神寄托的神圣殿堂

两千年的希望

我们的要求并不高

只是做一个自由的人

在这个世界

我们的家园

锡安山和耶路撒冷之上

堂堂正正做一个自由的犹太人

二　　哭墙

哭墙又称之为西墙
位于耶路撒冷的西边
是苦难的历史见证

每当我——抚摸这斑驳的墙体
脑海里闪现的是北京圆明园
断垣残壁
每一个民族，每一个国家
苦难——相同的经历
被奴役，被掠夺，被践踏的自由
同悲同源

纪念苦难，不是牢记仇恨
但绝不能忘却历史

在苦难中成长
无国何谓家

在苦难中缅怀先祖先烈
在苦难中奋进，崛起
做一个自由人
环球同此凉热

花博会暨崇明游

崇明——海上小瀛洲
长江入海口
中国之第三宝岛

穿行在绿荫夹树间
蓝澄澄的河水
倒印着碧于天风韵

盛妆雍容的百卉
在灿灿的阳光下
向着中华民族伟大复兴
露出极艳丽，极绚烂的笑靥
欢迎八方宾客

复兴馆——
波澜壮阔的屋顶
引人遐想万千
全国各地的花卉
竞相争妍

山东的牡丹花

华贵的令人不敢有一丝丝龌龊
生怕会亵渎了女神的圣洁
天津的芍药
艳艳的像烟花
霎时间嫣然了天际
让你我神往

世纪馆——
犹如翩翩起舞的蝴蝶
在花的海洋里徜徉
悠哉悠哉
惊艳了沉醉在爱恋中伴侣

翩若惊鸿的回眸
在一丝丝的微风里
脚步深深浅浅
感叹着盛世年华
百里长宴

嵊州，忘了回家的路

一

游历了万千山水
曲曲弯弯至剡州，不思回
浙东明珠，越剧故乡

一声悲怆的呼喊
《林妹妹，我来迟了》
泪奔了整整的一代戏迷
剡溪江上的痴迷
葬花词中千迴百转

乘一叶扁舟，顺溪而下
月色迷濛，沿着王羲之的足迹
仿佛当年魏晋先贤的狂浪放荡
酒一杯，诗一首
曲水流觞，千古文章
清冽冽的溪水
蕴藉着江南钟灵毓秀的豪气
《兰亭集序》
书法鼎盛，万世之帖
伴唐太宗生生世世
终老于唐家的陵阙

履痕履履

白杨 著

二

从车水马龙的都市出发
凝聚着急切切的期盼
来到温婉毓婷的嵊州
拥抱山水，跌入剡溪江里
魏晋的狷狂和风流
刻印在这方土地
随处可见的醇厚的乡风
惊喜连连

我怀着崇敬，拜谒禹王庙
耳熟能详的大禹治水
劈山挖河，疏导荡荡洪流
救民于水火，历经千辛万苦
三过家门而不入，赤胆忠心
开一方山青水绿的鱼米之乡
中华民族的文化，彪炳千秋
代代相承，发扬光大
共产党人的初心和使命

三

来到百丈瀑布前
你会震惊——
它的雄浑和壮阔
似一匹白练

飞流而下，万万千千的珠玉
溅射到身上，脸上，衣衫上

江南第一瀑布群
站在它面前
感叹大自然的神奇

掬捧着清澈的珠玉
体会着水的深深柔情
汪汪洋洋东流水
水流无限思之苦

徜徉在风景如画的嵊州
忘了回家的路
江南好，浪迹天涯的游子
梦魂萦绕的地方
携带着三生三世的情愫
享受着血红色的夕阳
缓缓西下
悠闲的老年生活
尽在嵊州

屐痕屡屡

白杨 著

微山湖即吟

微山湖，得名于殷商先贤微子
又称南四湖，微山，昭阳，独山，南阳
京杭大运河穿湖而过，空中鸟瞰
似南首北尾一条巨龙
苏，鲁，皖大平原上璀璨明珠

背起行囊，慕名游玩
蓝天，白云朵朵
阳光下，碧波万顷
快艇穿梭，荡起层层涟漪
虽不见荷花妍妍
眺望。湖边岸芷汀兰
秋风漫漫，芦声笛笛
秋容如盛装舞会
嫣然一笑的山东大姐
清纯，辣辣的，风味独特

西边的太阳，就要落山了
微山湖静悄悄，缅怀先烈
战火纷飞的年代，红色传承
一代又一代，共产党，人民军队

如湖水，如土地，水乳交融
芳林嫂，王强，英名刻在丰碑上

登上微山岛，拜谒微子墓
怀揣着仰慕崇敬的心
一步一趋来到微子文化苑
重温先贤的高风亮节
文韬武略，智慧，胸怀天下
默默不得语，一行清泪在眼眶中打转

快艇停靠在湖中餐厅
微山湖物产丰饶
鱼，虾，蟹鲜活蹦跳
湖中极品，四鼻鲤，肉质鲜美
乾隆御笔，皇上贡品
秋阳正烈，徐徐微微的风吹来
沛公酒，浓郁醇厚的乡情厚谊
在湖中荡漾开来，开席
沉醉在微山湖绿波中
物美人更美

致敬，时代英雄

今晚，和武汉在一起

今晚，和武汉在一起
月儿洒下清冷的光
十四亿中国人，一同唱着摇篮曲
武汉如同妈妈的宝贝
别哭，躺在中华儿女的臂弯
灾难和疫情的魔鬼
在神州大地，万众一心
坚守，坚持，坚强中
退却

今晚，和武汉在一起
月儿泼洒着坚毅的目光
孤城不孤，封城没封爱心
罹患者，不怕，不哭
九百六十万平方公里
中华民族的万万千千的心
与你同在
党中央，人民政府
与你同在
中华优秀儿女
与你同在

屐痕屐屐

白杨　著

白衣天使，医者仁心
与你同在

今晚，和武汉在一起
月儿倾洒众志成城的坚定光辉
不串门，不走亲，不聚会
守住家门，守望亲情
寂寞中我们坚定信念
困顿中我们相互勉励

今晚，和武汉在一起
中华儿女心连心
封城又怎么封得住
中华儿女的美好祝愿

今晚，和武汉在一起
点亮祈愿的蜡烛
为武汉加油
与你同在

夜晚，与月光诉说

弯弯的月儿

孤悬在邈邈的天空

冷冷幽幽的光，洒在庭院

瓦凉瓦凉，凉如水

说不尽的寂寞和悲怆

就像吟游诗人在漆黑的夜里

携带着弯弯的思索

吴钩晓月风轻轻

在寂静的夜晚

行走在空无一人

乡间小路

举头望月，低头凝思

与月儿诉说

翡冷翠的夜空

欹枕西楼栏杆

一汪碧翠的希望

手执红笺，写生命无常

人啊人——

贪婪，欲望，无底线

屐痕履履

白杨 著

为就为——
这口欲，一只野生动物
演变着成灾的疫情
谁之过，谁之罪
珍惜动物，热爱生命

我愿——
是条小鱼，徜徉在清澈的河水中
溯流而上，沿街看尽春花漫漫
诉说对柳树的暗恋
心绝不膨胀
不追逐无望的飞蝶
不贪，不癫，不疯魔
祈愿天下苍生
热爱生命，爱惜他人
珍惜山山水水，一草一木

珍惜生命，敬畏生命
欲说还休，惆怅此情
冷冷幽幽的月光
倾泻在床前
其实你懂我的心

初春的等待

这个冬天，注定不平静
人类本来就应善待动物
平静，平衡，就这样
被一些不法之徒
大快朵颐的饕餮盛宴之后
打破
动物身上的病毒
报复　反蛰
演变成新型冠状疫情的灾难

这个冬天，注定不平凡
阻击新型冠状肺炎
成为神州大地主旋律
守土有责，守土尽责
一场没有硝烟的战争
守望　　守候　　　守护
为了人民，打赢这场战"役"
如火如荼的行进

这个冬天，注定辉煌
人性之美，必定彪炳史册

医者仁心，白衣天使
在没有硝烟的战场上
不畏病毒，不畏牺牲
把生的希望
留给百姓，救治生命
谱写着一曲曲可歌可泣
圣洁伟大的赞歌

这个冬天，注定留下春秋一笔
众志成城，万众一心
宅在家里，隔离病毒，阻断病源
是我们每个人的责任和职守
中华民族不怨天不怨地
发奋图强，励精图治
在党中央，人民政府领导下
必将胜利

春暖花开的时节
斜阳依旧射照着阑干
我将采撷着迎春花
等待着你——
归来

情思

将此诗献给日夜奋战在疫情防控阻击战中的白衣战士

一　　道一声珍重

拨动江南，烟雨霏霏，思念的琴弦
诉说着梦里梦外的担忧

隔着一层薄薄的院墙
却似厚厚的万重山
封闭隔离的医院
胜似战火纷飞的战场
静谧，每个人脸上
写着凝重
与死神争夺
与魔鬼争夺
虽不见刀光剑影
却惊天动地

近在咫尺未能相见
翻山越岭，穿越天涯
相见难，　难于上青天
我知道，　你身上担着
医护的责守，守土

有责，担责，尽责
争分夺秒不畏自家的生命
把生留给病员留给百姓
将生死置之度外

每晚的视频，我看见
脱下防护服、口罩的你
疲惫的身子和浮肿的脸
心被紧紧揪住，无语凝噎
掀起一池心碎
万言千语，手执红笺
明月化作清风
道一声珍重

珍惜，珍重，珍爱
生命的意义
这一刻
焕发出耀眼的光辉
彪炳千秋

情思

将此诗献给日夜奋战在疫情防控阻击战中的白衣战士

二　　请让我再看看

风起了，雾也起了
死神刚刚离开
留下偈语
善待生物，善待生命
多行善事，多积善德

风小了，雾也小了
死神刚刚与我擦肩而过
我听见"死神"喃喃自语

幸与不幸
不幸，新型冠状的魔鬼
缠着我
幸——
天使环绕在我身边
二十多天的惊心动魄
天使的呵护，守护
死神溃败而逃

屐痕履履

白杨 著

风依然故旧，雾依然没有散去
魔鬼依然猖狂
死神依然徘徊在大街
我们依然本着初心
日日夜夜跟魔鬼，跟死神
战斗

我马上就要离开
离开这终身难忘的病床
至今，我看见
一身白白防护衣衫
一只口罩
遮挡不住你美丽的容颜
和盈盈的柔柔的慈爱的
眼神

请让我再看看
你一眼
虽然我马上就要离开
这令人窒息又充满温馨
病床
怎么能忘
美丽而又温润如玉
眼眸

致敬，时代英雄

在特殊时期，没有刀光剑影
却惊天动地
你们，人民，百姓的守护神
时代的英雄，时代的楷模
弃小家，为大家，逆向而行
别离妻子儿女，别离年迈的双亲
时间就是命令，时间就是生命
匆匆收拾起行囊
来不及与家人话别
奔赴前方，奔赴战场

没有人天生是英雄
当人民在召唤，国家在召唤
战场在召唤
你们，我们时代的英雄
义无反顾的前行
冲锋在第一线

谁不珍惜生命，谁不爱怜家人
当你们知道，
病情危急，疫情危急，战火危急

履痕履履

白杨 著

知道，此去战场
生命如一线悬着
把生命交给党，交给国家，交给人民

一张张请战书，如雪，一颗颗圣洁的灵魂
一个个的手印，如血，一团团鲜红的热血
我看到了，一腔热血，坚贞忠诚
大无畏精神的光辉
共产党员跟我上的豪气干云
双眼不自觉的流下了感动的泪水

我听见了战马嘶鸣的悲壮
在与病毒，魔鬼，死神的厮杀，争夺
累了，在墙角，在椅子上，小寐
为了节约时间
12 小时不喝水，不上厕所
人要有点精神
不怕牺牲，奋勇向前，忘我工作
就是这种精神
流入中华民族的血脉
源远流长
筑起了中国人的脊梁
筑起了万里长城
今天——
我们时代英雄，我们时代楷模

又一次出发，出征
焕发出无比灿烂的光华
重铸辉煌

致敬，时代英雄
中华民族的好儿女
因为有你们
我们为之骄傲，为之自豪
因为有你们
在这场疫情防控阻击战中
我们必将取得胜利
因为有你们
中华民族的光荣与梦想
一定会实现

履痕履履

白杨 著

祈盼

墙外的梅花，在寒风中
不屈不挠的露出盈盈笑靥
吟唱着一场愁梦一壶浊酒
醒来时——
怅惘迷濛，独自欹枕西楼
斜阳缓缓落下
空气中弥漫着梅花淡淡的幽香

西风伴随着新型冠状病毒这魔鬼
桀桀的冷笑
肆虐着吞噬着生命的欢欣
神州大地被那瘴雾所笼罩

我仿佛听见，天外的春雷
以急行军的速度
向南方，我的故乡走来
朦胧中，窗外，绿柳丝丝
迎风摇摆，舞姿妖冶

中华儿女，十四亿民众
人同此心，情比心坚

众志成城，共克时艰
与魔鬼争分夺秒，争夺一城一池
天使们用柔情和爱心
化作一场春雨
绵绵地滋润着不安和骚动的心灵

我在柳树下，西湖畔，等你
朝露，透出了一缕缕青青的希望
阳台上，静谧的无声无色
就这样，心底燃烧着相逢时的欣喜
慢慢的等待，风依旧冷漠
冷漠的令人讨厌

遐想中，我们在苏州河畔的徜徉
那时节，三月里小雨，濛濛细细
花开的有些浪漫，似俏皮的少女
肆无忌惮又温婉柔顺
时而张扬放飞自己
时而小鸟依人，怜悯可人

虽然是在寒风中
我枯坐在阳台上
等待，静静的等待
希望，祈盼
春的到来

即将离去的 2020 年冬季

2020 年的冬季

注定了不平凡

刻骨铭心的隔离，封闭

风云激荡

救治，护理

惊心动魄

想忘也忘不了

老天爷，打了一个盹

瘟神毒君偷偷跑出来

祸害神州大地，祸害百姓

疫情顷刻间泛滥

生命顷刻间失去

时间，刻不容缓的号令

一支支整装待发的医护人员

集聚在武汉，湖北

与病魔争夺，与死神争夺

不亚于任何一场战役

我听见——

武汉，万家灯火齐齐亮着

人同此心，人共此声
唱着国歌，唱着我和我的祖国
天地在我心，震撼了山川河流
我想此时此刻此景
什么力量有如此伟大
有什么困难克服不了
厉害了我的国，厉害了中国百姓

我看见，鹅毛大雪，冰暴
齐齐地砸向江淮河汉，砸向武汉
风雪中的志愿者
一个个戴着口罩，穿着雨衣
穿行在社区，穿行着每家每户
送去了食物，送去了温暖
隔离，封闭不是失望，绝望
是希望，是重生

苦难在斗室中谋划
多少个日出日落
行云流水般青春年少
在这个冬季
飘泊，停顿
生活中三杯酒
面对苦难，
激昂的战地歌声

屐痕履履

白杨 著

时时的扣击在心灵

在屋内，在阳台，在家中
静下心来，沉思
莫把苦难当成风景
挥之不去
清歌一曲，犹如夕阳西下
绚丽多彩
苦难终究会过去
就像冬去春来
面朝大海，风淡云轻
苦难的记忆
犹为珍贵

我相信，冬季即将过去
春天又将来临
春光漫漫，柳树风情
欢聚的时刻
烂醉花间，静听花语留晚照

武大樱花

我——
出身名门世家的东瀛
为爱——
万箭穿心亦不惧
破重重关，涉重重水
嫁给英雄的城市
嫁给英雄的人民

难忘这个冬天
病毒的魔鬼
肆虐
绞杀着生命的肌体
满天卷起黑雾
笼罩
弥漫着恐怖的气息

彷徨无助乃至绝望
恐惧自危压抑着呼吸
困难没吓倒斗志
坚韧品茗着奋战
我不会像那些自诩

"为民请命"的文人
哭哭啼啼的怨妇
把这座城市比作地狱
我也不会像那些出卖
"灵魂"的精英
忙不迭去向西方
向主子"道歉"

相信党相信人民
十四亿人民没抛弃
我
一方有难八方支援
我看到了
热血男儿巾帼英雄
离别妻儿老小
不顾生命安危
精心救治细心呵护
病疴沉重的阴翳
阳光总在风雨后
英雄的城市
英雄的人民

敢爱敢恨乃是性格
在这个春天
为天使们送行

我——
粉身碎骨的怒放
如霎那间的焰火
嫣然一笑
在天际中永恒
为悦己者
漫天飞舞着真爱

第六辑

春花秋月

今夜，雪

岁月迢递　　太久太久
不见你——
巧笑盈然
飘飘逸逸的仙气

午夜时分
轻灵倩碧的佳人
呵着一团团晶莹的相思
裹着风
翩若惊鸿
踏着春的韵律节拍
来到我的窗前

白色的舞姿
魅惑着我的眼睛
百娇千媚的回眸
漾漾荡荡
抵不住这一刻相拥缱绻

你——不期而至
给了我多少惊喜

平复着经年往日
一纸纸的刻骨思念

今夜，雪
前身今世的因缘
打开窗，快快回家
窗外　风吹　寒冷
为你　炉火烧得旺旺
炖一锅鱼汤
醉吧　杨柳堆烟
话语已是多余

早春

早春——
春之三分
一分雨二分风三分光

早春已瘦
瘦的妩媚姣潇
令人爱怜
不能释然放手
斜风兼着细雨
柳絮飞濛
浅浅的吟唱
帘栊下的相思

昨晚又闻
多情的雨声
敲打着窗棂
一树梨花纷纷
妖娆的盈笑
笑痴情
诗行重重到天明

屐痕履履　白杨　著

一缕阳光灿灿
仿佛风流倜傥
杨柳依依俏公子
临风而歌　抚箫吹笛
遗世独立缅怀
邂逅在春光里
北方佳人

记得初相逢
红衫绿裙长发飘飘
冷艳中一泓媚眼
惹得粉蝶舞
玉箫声声慢

春光已瘦
指缝中漏出
此恨绵绵
绞痛着相思梦
怨也早春思也早春

秋

广袤的田野
飘逸着馨香
宛如你——
散发出成熟的丰韵
袅袅娜娜走来
女神般的威仪
脚踩五彩斑斓的莲花
洋溢着欢腾
眉弯似月
盈盈灿灿的笑靥
沉浸在慈祥的爱恋中
天涯下游子
心便不由自己
飞向故乡

空气中弥漫着温润
阳光也演绎着温情的浪漫
宛如你——
透露出矜持的高贵
娉娉婷婷的走近
女神般的风情

轻轻的话语

天籁之音

在天地间迴荡

樱桃似的嘴角

微微的翘着

顽皮中的妩媚

倾倒多少风流倜傥的才子

我欲在湖畔

等待——

携手与你一起

在秋叶飘满的时光

行吟诗篇

秋日私语

秋风起
飘落一地相思
梧桐树下
簌簌离去的私语
秋阳里有点悲凉
背影的眼眸
总是晃悠着一泓秋水
说不出的凄楚
随风而逝

想当年少时
薄薄的春光
绿莹莹的洒在田野
青青子衿
缱绻了泥土的芳香
蜂狂蝶舞
穿梭在柳浪闻莺的岸边
聆听湖水静静的流淌
花儿妍妍
痴迷了心底那一波柔情

站在秋阳下

拍一张血色的照片

风潇潇兮　　饮马红河边

行走在茶马古道

家乡的情愫

诗意飞扬的马背

草原的诱惑

大漠孤烟的雄浑壮丽

弹一曲离殇

与你一起

月光如水如凉

篝火熊熊星星点点

喝一碗马奶酒

抒怀今日

潇潇洒洒的时分

驰骋在渔舟晚唱的途中

写一首秋之快乐的诗

秋夜

秋夜　　静谧
星空下　　高铁
呼啸而过
搅拌着不眠之夜

风扑打着窗棂
犹如一匹野马
奔腾　　咆哮
思乡的情愫
在凉如水的夜里
泛滥

游子的心
格外凄楚格外无助
缕缕的青烟
清香缭绕
孤独的背影
盘旋在窗台
久久不愿离去

皈依的思念

屐痕履履

白杨 著

扑腾扑腾在灯光下
跟谁说心事
唯见一地月光

月光如水
碰到如水的倒影
跟谁说
如水的故事

冬日的早晨

　　一　　　晨曦

像清新帅气的小伙子

经过漫长的冬夜　　　滋润　　　养育

变得如此温婉柔和

从地底下　　　穿越而来

薄薄的透透的披着一袭轻纱

跃然在东方　　　漫舞在地平线上

玉树临风　　　风流倜傥

晨曦如同王子

横吹玉笛　　　逶迤而来

站立在山岗　　　田野　　　树梢

谁也不知道　　　　就在刚刚

经历一场惊天动地的搏斗

曙光与黑暗　　　希望与死亡

黑暗的恶魔吐出腐朽的毒液

绞杀着生灵扼杀着希冀

曙光用百倍的精神

唤醒美好的神圣的女神

手擎生命的希望

冲破层层迷雾
释放自己的光和热
跃然于天地间

晨曦　透亮　晶莹
如同生命的萌芽
欣欣然　新的生命
昭示着希望的力量
勃勃向上　生的奥秘

二　红日

宛如热血男儿
担一身职责和重任
披五彩斑斓的翼衣
手持方天画戟
傲然于世　遗世高歌

北风依然猛烈　呼啸而过
一片狼藉　落叶翻滚　滚滚尘土
万丈红尘　寒烟袅袅
红日　依然执着的信念
穿破芸芸众生的吐槽
穿破厚厚的流言蜚语
昂扬的斗志　给你给我
一缕温暖一缕清新一缕馨香

我相信　　西北风与阳光的比试
阳光灿烂总在风雨后
冬日的早晨　　北风的猖狂
萧杀着一切　　无情　　冷酷
总抵挡不住一缕温暖的阳光

古老的谚语　　古风　　古老的传承
红日　　一轮红日　　喷薄而出
阿波罗　　太阳神　　英姿勃发
予我无求　　予人温暖

在田野　　在山脚　在河边
在公园　　在斑驳的树影下
沐浴在阳光下　　漫步

　　　三　　　　晨之恋曲
晨之恋曲　　乡村
四季浪漫　　斑斓

春之恋歌
百灵鸟婉婷鸣唱
百草欣欣　　翠绿
一派生机　　盎然
夏之恋曲
桃红柳绿　　姹紫嫣红的花香

履痕履履

白杨 著

生如夏荷之静美　　璨璨

风情　　万般妩媚

柔柔的细雨　　抚摸着脸庞

舒畅　　惬意

秋之相思

金色的庄重　　凝练　　权威　　尊严

田野弥漫着稻谷　　果蔬的馨香

香飘万里的喜悦　　田野呈现祥瑞

秋风乍起　　惹得一丝丝相思

落叶纷纷　　纷飞着泪花

向谁倾诉　　又为谁欢歌

冬之恋

大地裸露着胸膛　　坦诚爱之恋

西北风肆无忌惮　　虐杀着情敌

无情的哀怨　　充斥天地间

人间有温情　　天地有温馨

一片一片的雪花

从天上飘舞而来

爱之精灵　　纯纯的思念

化着一朵朵的雪花

在手中　　在脸庞　　在身上

在树梢　　在屋顶　　在大地

还世界一片洁白

晨之恋曲　　城市

井然的秩序　　有条不紊的汇入
南来北往　东进西去　　千军万马
奏响　　创造　　建设的交响曲

人流　　车流　　万花铜般缭绕
一会儿排起一字长蛇阵
红绿灯就像魔术师
变幻多姿　　变幻无穷
一会儿演绎成十面埋伏
从原点回到原点
各自安好　　各就各位

天上地下　　呼啸而过的车辆
快捷无比的穿行
人流就像沙丁鱼
在地铁里　　手机　　耳机
享受着城市的节奏

城市　　一场永不落幕的交响曲
年年　月月　日日　时时　　分分
重复着单调枯燥的细节
成功永远属于
持之以恒的坚持自己的初恋
和不厌其烦的重复

成功不必是我　　成功必定有我

这初恋　　是古老的传承　　几百年的梦想

这初恋　　是新颖而又纯净　　是青春的挥洒

人流　　车流中的我

是尘埃　　一粒红尘

万马奔腾中有你有我

是聆听者也是与会者

初冬的风

留不住春的脚步
匆匆
人情薄如风，何似当初
过往的故事，恰似东流水

当年灞上红柳
妩媚妖冶　风情万种
惹得白马少年争相斗
我提着夏荷的裙裾
在河边散步

快乐时光，没学会珍惜
霎那间　菊花香
秋阳正浓
持酒啖蟹忙
快意恩愁

迈过秋的门坎
西北风嗖嗖的刮来
不觉中的柳枝曼曼
凄美的在风中唱着挽歌

屐痕履履

白杨 著

吻着春风一路前行
与你奔跑在秋阳下
早早地领略
冬之风的凌冽
也无风雨也无晴
穿着厚重的棉衣
裹不住心中一团火

初冬的风
猛烈
抵挡不住的太阳
午后　　喝醉了
躺在温馨的阳光内
说着醉话
总想起灞上的红柳

晚秋

血红血红的枫叶
在秋风中摇曳
恰似青春年少的初恋
充满着美好和无比的憧憬

火红的燃烧　激情的诗句
血色的浪漫
天涯下
处处留踪迹　难忘的记忆
诠释着壮丽澎湃的剧本
无怨无悔的岁月
即使落幕
也要轰轰烈烈
染红天际

离去是为了更好的回归
煮一壶冬雪
我在相逢的那一刻　那地点
等你归来

落叶像天边的云彩

卷起千堆雪

沙沙作响

飘来飘去的执着

一往情深　一路向西

旧梦重温　旧梦时时处处再现

秋月总会触动心灵的一角

秋风也是煽情高手

离殇的泪

滴在酒杯中

仰望星空，一口喝尽

浓到深情的初恋

时时泛滥成灾

晚秋　温润如玉的可人

离场　一场盛大的舞会

谁能说　大家风范的名媛闺秀

是昨日黄花

雪藏春天

一

久违的雪，轻歌曼舞
一场愁梦何时了
春光绽开柔柔的笑靥
在月光下，轻吟
我举着酒杯，邀你同醉
不用心悸和颤抖
浪迹天涯也无妨
我愿跟随你的脚步
化作漫天飞舞的飞絮
依偎在春风里
多情的梅花
盈盈暗香，濡湿了眼眸
清歌莫断肠

二

梦回依约，你终究来了
霎那间，天地间
沉浸在一派安详肃穆里
静静地聆听大师的诵读
经文和梵唱

你这样悄然无声

来了——

带着十万精灵

纷纷洒洒飘舞而来

轻轻地落在我的窗口

就像广寒宫的仙子

轻轻的挥了挥长袖

从天外逸飞

凝集成万朵情思

予我予载，予求予青

问天地，情思何其苦

茫茫然，树梢间萌动着新芽

雪地里有一两只小松鼠

跳跃，恣意，无拘无束地嬉戏

三

我想多了，万物有灵

世间，凡尘，弱水三千

谁对谁错，谁为谁醉

劝君莫作独醒人

醉卧——燕归来

醒来时分，黄莺叽叽喳喳

晓风晨月，花开烂漫

举杯。天涯地角一同游览

吟风弄月，今宵别梦寒

长亭，乡间小路，人生欢聚莫错过

三月风语

三月风语——
就像两小无猜的玩伴
慢慢的演变成
暧昧的幽默

白云——
像儒雅的哲学家
深邃的语言
挂在巨大的穹窿
一串串一条条
穿越时空

数九严寒的日子
我常常坐在阳台上
仰望星空，喃喃自语
怅惘着希冀着
窗前的那棵柳树
萌发着新绿

又闻到了春的味道
便时时梦幻着

履痕履履

白杨 著

清明雨
细细的绵绵不断的
思念
老父亲的酒杯
欲说还休的片言只语
老母亲的针线
密密麻麻的唠叨

骑行在乡间的小路
黄黄的粲粲的油菜花
摄人心魄
年少时飞絮
就像一位流浪者
放飞梦想

三月风语
温柔的谎言
迷濛了雀雀跃试
呼唤着
海的呓语
一波一波击打着
悸动的相望

五月

五月，暖风微微
醉了游人，醉了蝴蝶
湖水荡荡，一曲兰花指
拂柳穿花的青春憧憬
曲水流觞，沦陷了爱的雀跃

我记得，昨日的花影
桃红色的连衣裙
倒映在清清的湖面
一半羞涩，一半狂佯
掬一捧纯净的湖水
酿造邂逅的惊喜

睁开微醺的双眼
蒙胧中听见莺啼燕语
双双对对的呢喃
探寻着相知相拥的足迹
海棠花下
春意浓浓的时光

五月，沦陷了爱的芳踪

屐痕履履

白杨 著

不经意苏州河畔的烟雨

飘逸在天涯

缕缕的馨香

一阵阵的袭来

沦陷了我的双眼

夏日的云梯

尘土里飞扬着媚骨的喧嚣
春光已瘦
看不见玉兰花的洁白
在时光的审判席上
是原告，还是被告
在灵魂的拷问下
能坦然吗

那些"伪文人""公知"者
躲在一角，阴阴的桀桀怪笑
自诩为民请命的'精英'
全然不见她们的圣地
西方，早就哀鸿遍野
百姓的生命如草芥
人权的挽歌

在中国这块热土
盎然着勃勃的赤焰
那些曾经叽歪的嘲讽
变成了打自己耳光的工具
水深火热的西方政客

屦痕履履

白杨 著

说着一遍又一遍谎言
挑动着仇恨的神经
妄图逃避审判

五月已然过去
我们也不在温室里谈论
桃红柳绿的艳丽
选择去田野
历经烈火般炙烤
踏实的播种希望
汗水随着稻谷一起成长
秋天一同收获果实

夏日之风

夏日之风
微微吹乱了心澜
不羡慕柳枝乱舞的炫耀
也不会在灯光迷濛中沉沦

雨丝丝
风微微吹乱了眼眸
在相思迷茫里
杯中的红酒
如同你的情思
深深浅浅，无法自拔
长夜无眠，写一行诗句
又怎样表达
此时此刻的心情
泪水穿成珍珠
伴随你——
万水千山

你——
如同女神
高贵骄矜不可亵玩

回眸一笑，媚眼轻抛
引诱着一众酸文人
叠叠诗句留连忘返
连同功力深厚的和尚
动了凡心

夏日之风
微微吹乱了心澜
就像这酒杯中琼浆玉液
蓝色妖姬
蛊惑了多少豪杰
拜倒在石榴裙下
醉卧在无边风月里
遐思

夏日的晚风

夏日的晚风
把相思的影子
拉得很长很长
夜空，一贫如洗
抠门地数着往日的故事
天空中高烧不退
发昏地说着呓语
寂寞的徘徊
在昨日的梦幻里

夏日的晚风
很柔也很深情
如你的纤纤玉手
轻轻抚摸我的脸颊
枕一弯皎皎的月色
躺在无瑕的臂弯
忆芳华的踪影
感叹

夏日的晚风
纯净的似白玉

屐痕履履

白杨 著

一尘不染
如当年的你
青葱，粲粲微笑
水银般洒在田野
亮丽，而又欢畅跳跃
真想沏一壶茶
滤去往日的忧郁
在月光下
走走，看看，停停，想想

夏日的晚风
很轻也很静
平静的没有一丝波澜
唱着山里的小曲
流水似的青春
在溶溶的月色里
找回青春的记忆

秋蝉

昨日——忧郁
统治着天空
你——依然闲庭信步
唱着情歌，深情款款的凝望

今晚——冷空气
暴风雪即将来临
你——没有簌簌而鸣
萨克斯的美妙音乐
飘逸在耳畔

我相信
这不是告别
谢幕前的绝唱

明天——
秋阳妍妍
倾泻在庭院
桂花香飘万里
我在树下
等你
聆听无与伦比
天籁之音

露珠

把相思凝结成
玲珑晶莹的泪花
呈献给懂我疼惜我的知音

无时无刻的念叨
将化作一首悦动的挽歌

晨曦，露出欣然的笑靥
为了爱，为了真诚
哪怕粉身碎骨
万箭穿心
傲然地吟唱
爱的伟大

生命的长短
与爱无关

爱情的恋曲
犹如一颗颗璀璨珍珠
洁白，灵动，可爱
让你我融化在蓝天下

化作一缕缕轻烟
留一首哀婉的诗
无怨无悔的离去

天地间有你也有我
可爱的小精灵
在你没消失
我把你捧在手心
慢慢的轻轻的
融为一体

秋风，持鳌的叹想

金风起

吹乱了布尔乔亚的琴弦

袒露出丝丝的欣喜

菊花黄，蟹膏肥

持鳌举杯，卸八块

看尔横行几何

一杯复一杯，杯莫停

吟风弄月在今秋

无肠兄，世间之极品

黄黄的膏脂

氤氲着浓浓的鲜美

让你我遄飞万千

又作何想

酒在手，情何在

朵颐的电流

在运行一周天

慢慢的沉淀

其实，人要有品性

温文尔雅的面对佳肴美酒

翩翩少年，骑马从东而来
谈笑风声，三生三世
一树桂花香
或者明天
把自己灌醉
亦喜亦悲
孤独总是和欢聚
打架

今秋，菊花黄，
举杯饮，啖膏蟹
尔复尔求

第七辑

屐痕履履

影

逝去的韶华
点点滴滴在心头翻滚

秋光潋滟
呢喃的啁啾
依偎在树影婆娑的怀中
秋水微澜
眼眸中的丽人
凌波起舞
记忆中的私语
寸寸　缕缕
写成月光下歌谣
抛磨成经典

伊人在岸　隔水相望
拿出旧日时光
盈盈然的泪花
在秋阳下
斑斓

唇间雪

江南的冬日，已经很少下雪了
偶尔下场雪，就像期盼中的明星
众星拱月在镁光灯下

记得去年的那场雪
悄然无声蹑手蹑脚地走来
款款曲曲婀娜多姿地飘逸着凌波微步
在我手中，头上，眉毛，唇间融融的化成一水
一滴相思，一滴情怀，一滴梦想，一滴诗情

北方有佳人，绝世临风，遗世独立
也是我梦中诗的化身，诗的源泉，诗的情人

雪花，飘然，潇洒，风流
纯纯的，洁洁的，轻灵盈然晶莹
白色的精灵
像潇湘女神，从天上飘然而来
不鼓噪，不排场，不喧哗
平静的像一泓清泉
澄明清澈

田间，树梢，屋顶
留着一份雪痕
用生命和热血
还世界一个纯净，一个纯真
洗涤龌龊，涤荡污垢，清除丑恶

我心依旧，留存一片片雪花
那份温馨，那份温润，那份温暖

新春寄语

我淘一瓢黄浦江水
在三千红尘中
为你一醉

新春的炮竹，已点燃
邈邈的云空里
有我的思念和祝福

圣洁的雪花
漫天飞舞
我在烟雨蒙蒙的江南
翘望　　等待

昨晚，一夜无眠
煎熬的灵魂
被无声的泪水
包裹

手执红笺
插上白白的羽毛
像南飞的大雁

扑面而来，扇动翅膀
来到你的窗前
眼眸中噙着深情
把心底最纯纯的吻
印刻在窗棂上

虽然是数九严寒
地底下的迎春花，早就耐不住寂寞
多想，就这么痴痴的想
投入爱恋的怀抱

痴迷的等待
春天的脚步

屐痕屐屐

白杨 著

启程，回家过年

启程，回家过年
把零存整取的思念
随着一声笛鸣
捎带给父母和妻女

夜幕下的北方——
雪花纷舞，银白色乡情
卷起了焦急的盼望
三千里河山的殷殷切切
洋溢着的亲情，温情，爱情
弥漫在车厢内
久久，荡漾起一圈圈的涟漪

寒风中的江南
烟雨茫茫，绵绵不断的回忆
飘逸着水面上
纵横交错的儿歌乡音
在缤纷万千的城市
泛滥

冬日，太阳有点软弱

偶尔露一下脸
就被雨水和雪花
侵扰

千万不要责怪
冬日的思念，无以复加
眼眸中闪着泪花
就像断了线的风筝
在蓝天下
独舞，令人唏嘘，沦陷

启程，回家过年
今宵别忧郁
扣响小院的家门
点亮鲜红的灯火
和妈妈一起
过年

眼泪是最小的海

裁剪云锦，描绣五彩
泪水搅拌着思念
线被拉得越来越长
你的笑靥影影绰绰
掉落在我的裙裾里
汪成一片海

春之三月　　　江南雨
媚媚妍妍　　酥酥糯糯
离别的长宴　　仿佛是昨日
眉毛凝聚成青翠的峰谷
倒印在眼眸的湖水里
澄澈清冽，有丝丝微寒
我不忍时时刻刻打扰你
疲惫的身影，憔悴的心

风已经柔柔
柳树开始发芽
飞絮诱惑着多少行人
浪迹天涯，去追寻，去追梦
雪域高原，一帘斑斓的神圣

转动经幡，虔诚的跪拜
那一片海，纯净的信仰

这是天上的织女
将思念的眼泪
滴血而来，汇成一片海
如同我的恋曲
碧翠，荡漾着微波
惆怅在清澈的海水里
被涤荡，被浸润

我知道，你此去，
不是赏花，吟风弄月
生死没有选择
唯有医者的信念与执着
泉台明镜高悬
无风无雨，我不想跟你多说
怕就怕，扰乱了救治的步伐

泪千行。唯有一片海
澄清，明亮

人生旁白

如约而至的细雨
温情脉脉的诉说着
春去春来的燕子
纯真无邪的初恋

红尘中的女孩
跌入娓娓动听的梦幻
抵挡不住
姹紫嫣红的诱惑
一袭旗袍
描金绣凤的妖娆
举手投足昂着头
演绎活色生香的剧本
早就忘却
当初的海誓山盟

我愿是朵白云
浪迹天涯
不经意为你
裁剪妩媚动人的双眸
月上西楼凉如水

虽然你将家乡的笙箫

弃之一旁

无意之中留下了

你的倩影

醉眼蒙胧的泪水

青春留下了

些许彷徨和遗憾

冬雪

依旧风情万种

老同学相逢

唏嘘着感叹

趟过岁月的歌谣

童心未泯

青衣水袖，彩蝶翩翩

无法抵挡

蓝色妖冶的诱惑

青衣水袖，窈窕舞姿

芳霏醉蝶的时光

媚了双眼

跌入梦乡的呓语

拴住了多情的翅膀

春水荡漾

红尘万丈的小夜曲

如同风流才子

曲水流觞

推杯换盏的酒后

风淡云轻的戏语

如今演绎成

一生一世的心无双

花开芬芳

梅花被绣在蓝天下

弥漫着优雅的馨香

守望着一团团一卷卷

白云般诺言
莫把忧愁染成霜
诗在脚下，在远方

漫天飞舞着泪水千行
扇动着纯纯的思念
跟随着风
去追寻爱的谛唱
逃不出的魔咒
躲不掉的情债
描慕绣凤捉笔为奴
情愿心甘

潇洒的舞动水袖
彩蝶翩翩的文章
明月琴心，山河无恙
不问前世，只愿今身
依偎在你身旁
癫笑痴狂又何妨

屐痕履履

白杨 著

柳丝琴弦

和风拂柳，柔情万丈
抚弄着琴弦
意气风发悠悠迴荡
年少轻狂的恋歌
追逐梦的脚步
从没停止丈量
如柳絮般的飞翔
伴随着轻歌曼舞
一路向西，向远方

曼曼柳丝，绵绵长长
宛如你的黑发
乌黑油亮
婷婷玉立在风中
矜持的双眸
盈盈不胜娇羞
被爱宠得无以复加
娇媚艳丽
把你揽入怀中
和你一起去流浪

月光下
你的目光
清澈而多情
骑着竹马
两小无猜的新娘
情窦初开的遐想
翠翠的谷峰
青青的草场
拉着你的手
羞涩时的冷场
眼前飘逸着
还是旧模样

今晚，又回到家乡
月光下听不见你
歌唱
看见柳丝飘来飘去
忘不了
你——
黑黑的长发
青春好时光

把时光织叠成礼花

送给好友国雷

我在河岸，仰望
把时光织叠成礼花
为你燃放
让整个天空
充满希望
祝你——
早日康复，贵体无恙

我在河岸，眺望
把时光织叠成礼花
为你燃放
仿佛看到
你依然
侃侃而谈，点评诗作
儒雅潇洒模样
桃红柳绿百花纷芳
走过那条路
举着像机，摄下
风华绝代，盈笑粲粲

我在河岸，冀望

把时光织叠成礼花
为你燃放
依稀听见
泉水叮叮咚咚
高山流水，知音荡漾
高脚杯的琼浆
点点滴滴在心房
红尘三千，滚滚长江
豪气干云，醉了也无妨

我在河畔，仰望
仰望星空，把时光切割
愿你在梦中
举杯共饮，朗朗笑语
醉一回也无妨

黄昏

拽住青春的尾巴
在斑斓的灯光下
留一份精彩给自己
也把悬念留给未来

坐在清冽的风中
聆听苏州河水呢喃
树——影影绰绰
碎了一地的倒影
被灯光拉的很长很长
不去遗憾
那蹉跎岁月的迷茫
和疯狂的初恋

月依旧高冷
我依旧不屈不挠
追求着梦想
哪怕今生今世
无缘相见
写一纸情书给你
当着满天星斗

焚香祷告

仰望天空，星星点点
寻找爱的流星
近看河水，悄然无声
流水的年华
回忆和激情
碰撞

相逢

相逢很美
美的令人窒息
上苍的宠爱和惠顾
一场涟漪荡荡的旅行

你我——
在山脚下相逢
拾级攀援
领略大山的壮丽秀美

你——
宽阔凝脂般的额头
沁出一层细细的汗珠
我把滚烫的吻
留给了旖旎的山水
你——
清澈双眸
写满了爱恋的惊喜
至今——
我还神魂颠倒

你我——
在萍水中相逢
顺流而下
品茗湖水的俊俏柔情

你——
雪白般的纤纤玉手
在碧波里濯洗
清水涟涟的水渍
泛起晶莹的憧憬
我把纯净的诗
留给了风情万种的江南
你——
弯弯双眉
描慕着邂逅的浪漫
如今——
我还在梦里

淋湿了翅膀的蝴蝶

缘定那片花海
缘定那朵花

白色的海棠花
白的透亮，纯净
红色的桃花
红的妖冶，热烈

在你身旁
翩翩起舞，翩若惊鸿
惊艳了天上的白云
惊艳了世间的爱恋

阳光正烈，烈焰如红唇
令人遐思遄飞

不用你的承诺
也无需你的保证
用我的生命和一腔挚爱
不离不弃，于嬉于飞
寻找芳霏的踪迹

喋血于空谷幽兰
淋湿了翅膀的蝴蝶
雨水划过一道道伤痕

粲粲的笑靥
在彩虹中格外摄人心魄
不知何故
眼泪总是那么酸酸
向谁倾诉

屐痕履履

白杨 著

倾听

坐在苏州河畔
秋风微微的吹拂
滤去尘世的骚动
倾听——
苏河湾的千年往事

我也曾貌美如花
名动江南
不堪回首的那年月
世人皆以我为羞
谁知——
我心中的悲苦

如今，我又焕发了靓丽青春
温婉，清丽，楚楚动人
柳条亲吻我的脸庞
鱼儿嬉戏，绿波缓缓流淌
马上少年，风流倜傥
一曲红尘，深情款款

江南好风景

苏河湾如江南女子
婷婷玉立在沪上
如黄莺般倾诉
千年，百年，几十年的悲欢

风轻轻的吹
我坐在苏州河畔
倾听——
河水淙淙流淌
微微的波澜
在我心中荡漾
澎湃激越
中华五千年
浩瀚汪洋似海
近代的屈辱
抹不去的如烟往事

如今红旗漫卷西风
奋进中崛起
自豪了，中华民族

云和风

风吹乱了思绪
心往下沉
坠落在团团的云雾中
睁不开眼
像混沌的世界
黑暗浸侵着每寸肌肤
灵魂的磨难

不知今夕往日
也不知在何方
流浪，流向远方
家乡的小河
依然清晰可见
风一个劲的吹
吹破了团团云雾
远方一缕清新的阳光
拂在脸上
梦中的影子和故事
让我惊讶的无地可遁

秋风依然故我

快乐的吹拂
白色的云团，潇潇洒洒
抬头仰望天空
蓝色的海洋
纯净，清澈
思绪没有了万马奔腾的激情
像一汪清潭
平静，没有波澜

月夜

一　思念

月光挂在树上

将思念谱成词曲

大洋彼岸的你

家乡的河水

波澜起伏

忆起灞河折柳的情景

月儿格外柔美

月光挂在床前

把初恋的美妙揉碎

写意长亭送别的幻影

泪水和河水轻轻流向远方

你那妖娆妩媚的倩影

在我心中来了又去

千百回的停摆

一步三回眸

今晚，月儿格外凄凉

二　时光

坐在月光下

唱着年少的摇滚曲
把时光倒入酒杯里
轻轻的摇晃
品茗着岁月的忧伤和快乐
今晚，与你共同追寻青春梦幻

沐浴在温柔的月光里
池塘里的荷花
已经落下帷幕
采摘着莲子
掬一捧家乡水
把往事煮得沸腾
用痴狂的情愫
等待来年
荷花粲然的笑靥

屐痕屐屐

白杨 著

滴水穿石

柔情似水，坚如磐石
在炼狱中寻找爱的足迹
一颗心从未离开
也没有怀疑

不浪费每分每秒
日复一日，年复一年
爱恋，信仰的力量
初心未改，海枯石烂
穿石而来，就为相聚

相拥的一刻
说什么千辛万苦
幸福的泪水
挂满脸庞

千万别忽视柔弱
岁月磨砺的意志
情深意笃，久而弥坚
滴水穿石，忘不了的一瞬间
把世间纯纯的消魂的吻

献给你

心，永远，为那一刻的翘望
滴水穿石，不是一句轻飘飘的许诺
三生三世，一树桂花
在这儿，无所畏惧
只要有今日，为你而歌，而醉

屐痕屐屐

白杨 著

天，暗下来的时刻

落日，余晖的激情
像藤蔓缠绕着
城市，乡村，每一个角落

半个月亮，慢慢爬上来
柔情万丈倾泻着
那一份痴痴的眷恋

天，暗下来的时刻
城市的街灯
像浓妆的舞会
妖娆款款的漫漾
此刻，你在街灯下
随着广场舞的节拍
风情的舞蹈

萨克斯的音乐
在空中飘来飘去
却抵挡不住
凤凰传奇的民族风

我向来不追究时尚
在这奇特的夜晚
不免跟着洪流
沉湎
烈焰红唇的诱惑

不知谁
喋喋不休地说着
女孩
害羞的喜欢的
暧昧语言

天，暗下来的时刻
生活，五光十色

冬夜告白

暨展望 2021 年

冬夜，寒冷爬上树梢
年初，恶魔在寒风里张开血色獠牙
肆虐的吞噬生灵，荼毒着神州大地
那一刻，武汉成了重灾区
伟大的党，伟大的人民
一方有难，八方支援
众志成城，打响了无声的战争
白衣天使，白衣英雄
逆向前行，用青春和热血
谱写着一曲曲为人民为祖国
青春的赞歌，炳彪史册的赞歌

《方方》之流的公知们
涎着口水，胡编乱造的日记
甚嚣尘上的群魔乱舞
舔着西方主子的臭脚牙子
弹冠相庆的开着 PARTY

殊不知，西方并不高贵
上帝也没有特别眷顾
恶魔同样吃人

沦陷了美国，沦陷了西方
而公知们却噤若寒蝉集体失声

寰宇同时凉热，中华民族在战火中崛起
燃烧着五千年文明之火
万众一心，听党话，跟党走，
用生命，用不惜一切
换来红彤彤的太阳
普照祖国三千里河山

2020年留下波澜壮阔的历史
初心未改的信仰和忠诚
砥砺前行着伟大的民族
复兴和梦想同在

2021年必将不平凡
圆梦，伟大的中华梦
两个一百年的梦
必将光耀千秋
待那时，普天同庆，举杯相邀
九泉之下，仁人志士，英豪先烈
告慰共产党的开国元勋，伟人
我们这一代人，以及下一代人
无愧于中华民族，无愧于时代

屐痕履履

白杨 著

红灯笼

华灯初上，未央宫的灯笼
霎那间，渭河，泾河，灞河
艳丽了星空，长安城沉浸在辉煌中
碧瑶水天，大雁塔
俊男靓女，风情中吟诵
桃花映月笑春风

华灯初上，大明宫的灯笼
十里长安，璀璨了一代又一代
唐诗宋词，绵绵恒恒的瑰丽
洛阳城，洛河，涧河，伊河
摩肩接踵，莺莺燕燕，朱唇轻启
演绎着年少风流，佳人欲语还休

十五的月亮，秦淮河的红灯笼
温柔乡的琴弦，拨动了多少狂蜂浪蝶
十里扬州路，西子湖畔，尽管雪花漫天飞舞
怎抵挡，一叶扁舟，湖畔的软香偎玉
芦笙笛笛，平遥古城，西疆边陲
在灯火下，上演着张生和莺莺话剧

我不知道，历史，灯红
灞河折柳，柳如是的故事
都有灯笼的影子
我只看到，城隍庙的灯笼
漫漾着上海的睿智大气

履痕履履

白杨 著

守岁

夜空邈邈，繁星点点

月色如羞涩的女孩

躲在月宫，偷偷凝视

中华大地，华彩灿烂，如歌如诗

沐浴，洗涤，虔诚，上三支清香

敬先神，先灵，先祖，先烈

守护希望，守护梦想，守护遗志

春天，一缕清清的风

从苦难中，不畏艰险的走来

在万紫嫣红里

广袤的田野播种

播洒一片片希冀的新绿

一颗颗信念的秧苗

中华民族的神灵，祖先

教育，授予我们

双手去拓荒，开垦

幸福，快乐

快乐在苦难中得到

强盗，小偷

根本不懂
快乐的本源
不得善终的笑容
事实会反噬
说谎者

夏日，暴风雨，炎炎烈日
侵袭着土地，摧残着希望
在多灾多难的时光
中华民族的精神
不畏浮云，不畏千难万险
耕耘，献出生命和热血
一颗激昂的眷恋
初心不改

秋风起，无边无际的金色
我们收获，收获美好，收获爱情
生命的过往
灾难是一道不可多得的风景线
不去做哀妇，不去做牢骚人
桂花十里飘香
稻穗，沉沉的弯弯的
像怀胎十月的母亲
牺牲，付出和幸福满满
同在

屐痕履履

白杨 著

冬季，我们一起守岁
收藏丰富，收藏种子，收藏深情
为来年，为明天
不奢侈，不虚度年华，不浪费
把愿望，在祈福中
传承，发扬光大
天南地北，长城内外
我们一起守岁
梦想和信念
生生息息，永无终止

你来了

夏日，某一天
突然的暴雨
将天空染成墨黑
翻滚着惊恐

你来了——
一身白白的长裙，曳地
浑然天成的婉莹
如出水的芙蓉
纯净，高贵，矜持
隐隐的浸透着妩媚娇羞

一双明眸
亮丽了所有的河流
我迟疑了好久，好久
不敢相认

当你扑入我怀中
心——至今怦怦跳不停

那一刻，再也无法抹去

十年，二十年时间不算短
青春的影子，始终伴随

今晚，星星如影如随
白白长裙，一身纯净的你
我在乡间的小路
手捧皎洁的月光
与你相望

住在风中的银杏树叶

残阳如血，金黄色的树叶
把天际染的辉煌壮观
住在风中，律动着音乐
簌簌而歌，率性而舞

天很高，月很远
风来自地上
无法将树叶送上天

城市的街道
没有一刻清静

广场舞的音乐
在城市空气中弥漫
树叶——
像舞之精灵
阳光下，伴随着风
滑出优雅漂亮的弧度

城市有太多的诱惑
乌云——

屐痕屐屐

白杨 著

让意志不坚定者
沉沦

生活——
绚烂多彩
如果有一天
我变身为一片叶子
一缕清风
送我上云天
翱游八荒
聆听大自然的声音

后记

这是我的第五本诗集。延续前四本诗集一贯作风,用四字命名。人生每一步,都会留下历史的印迹,人生的履历。以《屐痕履履》命名,是我对生活中的感悟,也是我的生活记录。印刻着过往时光的痕迹和忆影。

诗集《屐痕履履》分为七辑

第一辑 苏河湾之恋

苏州河是上海的母亲河。上海是生我养我的地方。苏河十八湾是苏州河最为惊奇的河道,也是中国民族工业发展的地方。对苏河湾的眷恋,难于言表。

第二辑 烟雨江南

江南的风情,烟雨蒙蒙,细雨绵绵,道不尽妩媚多姿。早春江南,柳丝垂垂,随风飘飘,坐在湖边或者河边,听风吟,沐浴在烟雨潇潇中,浮想翩翩。

第三辑 一抹炊烟蓝

乡村,那一抹炊烟,袅袅兮秋风,山蝉鸣兮宫树红。翠华不来岁月久,墙有衣兮瓦有松。永远是心中的依恋。

第四辑 大美江山

祖国的山山水水,秀美毓婷,一方水土,养一方人。地域的文化,渊远流长。都是中华民族璀璨文化的组成部分。读万卷书,行万里路。在行走的路上。感悟祖国的美丽江山和悠久的历史文化熏陶。

第五辑　致敬，时代英雄

中华民族，悠悠五千年，从来不缺英雄。但在和平时期，英雄很难凸显。刚迈进 2020 年的时候，一场突如其来的疫情，使武汉，使中国承受着巨大的困难。一方有难，八方支援。白衣天使，逆向而行。克服重重困难，不惧病毒感染，不惧死亡危险，方显了英雄本色。

第六辑　春花秋月

春天，一缕薄薄的阳光，穿过云层，倾泻在江河湖海。田间，山谷，林荫小道，绿芽般的草儿，花儿，迎风笑颜。桃红梨白杏花飞，花开满天，姹紫嫣红。脚步刚刚迈进春天里，不知不觉，时光飞逝，荼蘼花事了。秋来了，季节更替，时光荏苒，岁月如梭，白首相看拟奈何。

第七辑　屐痕履履

人生旅途，各有各自的风景。横看成岭侧成峰，远近高低各不同。仰望星空，不如脚踏实地。羡慕他人，不如感悟当下你的一点一滴。不论是西装革履，还是布衣长衫，走好自己的路。路在脚下，诗在远方。清清白白做人，踏踏实实做事。老实是本分，憧憬是理想，两者不可偏废。没有老实做人做事，空有理想，这理想是空想，瞎想，不着边际。只有老实做人做事，没有理想和憧憬，为活着而活着，如行尸走肉一般。生活就失去了意义，也失去了人生的价值。

感谢唐根华老师的辛劳，感谢上海文艺出版社编辑老师认真负责，一丝不苟的辛勤，感谢广大读者的喜爱和加勉。为此，我会以此为动力，加倍努力，不负韶华。

此为记。

2022 年 5 月 8 日于沪上